怪談5分間の恐怖

中村まさみ

また、いる……

親による子殺し、子による親殺し、無差別殺人、親や身内による虐待死《ぎゃくたいし》……。
なぜ、人の世はここまですさんでしまったのでしょう。
人の心にひそむ闇《やみ》が、日を追うごとに深くなり、
それまではあたりまえであったはずの感情を無にしてしまう。
そんな闇《やみ》におかされそうな世の中に、一筋《ひとすじ》の光が届《とど》いたなら……。
自らの存在《そんざい》こそが奇跡《きせき》であり、それは〝いまを生きたかった〟人々の上に存在《そんざい》する。
怪談《かいだん》というツールを用いて、
ほんの一瞬《いっしゅん》でも命の尊厳《そんげん》・重さ・大切さを感じてもらえたなら……。
そんなことを思いながら、
これからわたしが体験した〝実話怪談《かいだん》〟をお話ししましょう。

怪談師《かいだんし》　中村まさみ

もくじ

坂本んち 6
はなれない 12
安いアパート 16
ニワトリ 28
幽霊《ゆうれい》が出るんです…… 31
かくれんぼ 36
怪奇《かいき》日食 41
ファミレス 45
遠野《とおの》で出会った子どもたち 50
機械音 57
あぶらすまし 63
トイレを囲む者 66
イランのヘビ 75
写真の女性 79
コノワロ 84

河童《かっぱ》 — 90
ふすま — 102
あの日 — 107
たみさん — 112
作業着の男 — 118
風呂《ふろ》にいるもの — 128
タクシー — 135
はじめての金しばり — 143
ハウススタジオ — 148
ありがとうの手話 — 164
沖縄《おきなわ》の部屋で — 173
ミキサー室の霊《れい》 — 183
また、いる…… — 189
痛《いた》む顔 — 218
空《そら》からの声 — 238

坂本んち

小学五年生ごろの話。

当時住んでいた町のはずれに、一軒《けん》のあれた家屋があった。

すでに住む者はなく、ひどくあれ果てた廃屋《はいおく》だった。

夏休みも終盤《しゅうばん》に差しかかり、ためこんだ絵日記を早々に片付《かたづ》けると、友だち数人とクワガタをとりにクヌギ林へとむかった。

昼過ぎに出かけたこともあり、思いのほか夕ぐれは駆《か》け足《あし》でやってきた。

そろそろ帰ろうかと林を出て、砂利道《じゃりみち》に自転車のハンドルを取られながら帰途《きと》につく。

「あっ」

友人のひとりが、やにわにそんな声を上げて止まった。

なにがあったのかとふりむくと、友人はある一点を見つめている。

赤々と燃える初秋の夕陽《ゆうひ》にはばまれ、その全容は見えないが、彼《かれ》が見すえる先にあるのはどうやらあの廃屋《はいおく》らしかった。

「ああ、坂本んちか」

だれかがいった。

「行くか？」

「いいってや」

「なしてよ？」

「おっかねえ」

「ばかでねえのか、なにがおっかねえ？」

「したって、あっこはお化け出るって、姉ちゃんいってたも」

「いいべや出たって。こっちはこんだけいんだも」

引っこしてきたばかりで、友人たちがなんのことをいっているのか、さっぱりわからず、わたしはただだまって会話を聞いていた。

家のまえには草っぱらがあり、一同はそこに自転車を停《と》め、玄関《げんかん》を目指して歩きはじめた。

ガラスがひび割れた引き戸をガタピシと動かし、積もったほこりと劣化《れっか》した木材の発する、すえた臭気《しゅうき》をたたえる空間へとふみ入る。

茶の間に到達《とうたつ》したわたしは、一瞬《いっしゅん》、息をのんだ。

そこには生活が息づき、今にもおくから家人が顔をのぞかせそうな〝雰囲気《ふんいき》〟があったからだ。

ちゃぶ台に置かれたままの湯のみ、茶びん。書きかけの便せん、年賀状、婚礼《こんれい》の招待状。

しかしそのすべてに厚くほこりが積もり、もう長い間、主《あるじ》がいないことを強く主張している。

思いかえすと、その主張だけが〝人の家に土足で上がりこんでいる〟という罪悪感からゆいいつ、わたしをまぬがれさせてくれていた。

「おい、ちょっときてみれ」

不意におくの間から声がした。

それまでは各々《おのおの》好きな場所を見て回っていた友人たちが、いっせいにそこに集まる。

半開きになったふすまを開けると、ひとつ年上の孝一《こういち》が立っていた。

「ちょっとこれ……見れや」

そういうと孝一《こういち》は、ずり落ちかけためがねを直しながら、おくの方を指さし、そのまま部屋を出て行った。

彼《かれ》が指さした先……そこは床《とこ》の間だった。

すでに陽《ひ》は落ちかけ、まるでセロハンでおおったように、家の中に真っ赤な光線が差しこんでいる。

ところが、おくのその部屋に光が届《とど》くことはなく、陰鬱《いんうつ》とした漆黒《しっこく》の空間をつくり、我々《われわれ》を待ちかまえていた。

みんなで目をこらして、孝一《こういち》が指さした床《とこ》の間を見る。

「うわっ!!」

「なにあれっ!!」

そこにかかっていたのは、古めかしい掛《か》け軸《じく》、それもおそろしげな幽霊画《ゆうれいが》であった。

「うわわわーっ!!　早く出れ出れ!!」

その場にいた全員が、一瞬《いっしゅん》にしてばたばたと外へとにげだし、自転車に飛び乗ってその場を後にした。

それから三日後、孝一《こういち》が行方《ゆくえ》不明になった。

朝から町内総出で捜《さが》しまわったが、午後になっても、彼《かれ》の行方《ゆくえ》はようとしてわからぬままだった。

その晩《ばん》、地区会長があわてたようすでうちに飛びこんできた。じいさんが対応する。

「いやあ、いたいた！　孝一《こういち》見つかったわ！」

「どこにいたのさ!?」

「ほれ、あの廃屋《はいおく》さ！」

「ああ、あの坂本だかっていう平屋かい？　なんだってまたあんなところに？」

「線香《せんこう》あげとったって」

「なにい!?」

小学生が取る行動とは思えない、あまりに意外な返答にじいさんは面食《めんく》らっている。

「あの家に残っとった仏壇《ぶつだん》から、線香《せんこう》を立てる香炉《こうろ》とリンを持ち出して、それを鳴らしながら、必死になって手ぇ合わせとったらしい」

「よくあの場所で見つけたもんだって……」

「近くを通ったばあ様が、空き家からリンを鳴らす音がするって、家のもんに伝えたらしくてな」

後にそのことを孝一《こういち》にたずねてみたが、孝一《こういち》にその間の記憶《きおく》はいっさいなかった。

はなれない

ある警察官《けいさつかん》からこんな話を聞いた。


十数年まえ、ある日の夕方。

関東のある所で、死亡《しぼう》ひきにげ事故が発生。被害者《ひがいしゃ》はふたりで、横断歩道をわたっていた親子連れだった。

母親は命に別状はなかったが、残念なことに、手をつないでいた五歳《さい》の女の子は即死《そくし》だった。

すぐに所轄《しょかつ》の警察署《けいさつしょ》内に捜査《そうさ》本部が設けられ、科学捜査《そうさ》研究所も乗り出し、徹底《てってい》した検分が開始された。

ところが……。

事件発生からまる一日経過したころ、別の警察署《けいさつしょ》より連絡《れんらく》が入る。

「『親子連れをはねとばした』という男が出頭してきている」

その人物をすぐに捜査《そうさ》本部のある警察署《けいさつしょ》へ移送し、厳《きび》しい取り調べが始まった。

「人をはねたことは、自分でもすぐにわかりました。いったんは止まろうとしたんですが、こわくなってそのままにげてしまいました」

それに対しては、人道的見地からいっても、まったく同情の余地はない。

「でもなぜ、自分から出頭してきたんだ？」

最後に担当警察官《たんとうけいさつかん》が投げかけた問いに、男が〝理由〟を語り出した。

「お母さんの方は先に歩いていたせいか、腰《こし》のあたりを引っかけただけだと記憶《きおく》しています。しかし、あの女の子は……申し訳《わけ》ないことに、真横からはねとばしてしまいました。ブレーキが間に合わず、強くはねた子どもがウインドーにつっこんできて、ガラスに大きな穴《あな》が開きました。

そのようすがあまりにおそろしくてにげたのですが……」

「にげたが、どうした？」

「とにかく人目をさけようと、裏道《うらみち》をぬけ、いつしかとなりの県に入っていたのです。そのあたりにはいささか土地勘《とちかん》があったもので、夜中になるまで人家のない山の中にかくれていようと思いました。

少し広くなった場所に車を停《と》め、買ってあったお茶を飲もうと助手席の方に手をのばすと、なにかこう……やわらかいものに手がふれたのです。

おどろいてそれを確認《かくにん》すると、20センチほどのクマのぬいぐるみでした」

それは事故当時、被害者《ひがいしゃ》の女の子が手に持っていたものであったという。

「それを見たとたん、急激《きゅうげき》におそろしくなり、林の中めがけ投げ捨《す》てました。夜中になり、人知れず自宅《じたく》アパートへもどって、車にシートをかけ、部屋でふとんにくるまっていましたが……」

ここまで話すと男は、じっと警察官《けいさつかん》の顔を凝視《ぎょうし》して固まってしまったという。

そのときの男の顔は、正に恐怖《きょうふ》におののいた特殊《とくしゅ》メイクでもほどこしたかのようだったと。

「目をつぶってもまったくねむれず、なんどもなんども寝返《ねがえ》りをうっていました。

カーテンごしに、外が白み始めたこともわかっていましたが、ふとんからはそのまま出ずにいました。

するとね、刑事《けいじ》さん……ふとんの中で、不意になにかをつかんだんです。それを、そのままゆっくり引き出してみると……」

それはまえの日に山中に捨《す》てた、あのぬいぐるみであったという。

安いアパート

「人が死んだ部屋に入った」

電話の主は、中学からの友人である塩村だった。

「なんだ！　やぶからぼうに！」

わたしの友人にはこんなのが多いが、それにしても電話をかけてきた第一声がこれである。

「だから、人が死んだ部屋に入ったんだっての」

「あのねぇ、そういう所へ興味本位で行くと、ばちが当たるぞ」

「そんなことはない。なにもない、だいじょうぶだ」

こういう相手を心配しても、ばかばかしくなる。

「それでさ、遊びにこないかい？　今晩《こんばん》」

「ちょっと待てよ！　『部屋に入った』って、引っこししたってことか!?」

「さっきから、そういってるじゃねえか」

(なんでおれの周りには、こんなのばっかりなんだ……?)

正直あきれた。


数日後、結局、わたしは塩村のいう〝人が死んだ部屋〟へと車を走らせていた。

ひとりで行くのはさすがに気がひけるので、仲のいい友だち数人とむかう。

着いた先は、どこにでもあるモルタルぬりのふつうの建物だった。

「ほんとは家賃《やちん》三万九千円なんだってさ。だけど、『自殺した人がいるから九千円でいい』っていわれてな……」

塩村は本当になにも気にしていないようすで、あっけらかんと話している。

「しかしふつう入るかぁ? おれにはとうてい考えられん」

わたしは、ふつうならだれもが思うことを返した。

「だって考えてみなよ、九千円だよ、九千円! だれだって入るんじゃ……」

「ふつうは入らんのだっ!!」

友人一同、口をそろえた。

さすがにその部屋で食事をする気になれず、みんなで近くにあるファミレスへむかう。

なにか変わったことは起きていないか、塩村に聞いてみるが、その時点では別段《べつだん》なにも起きてはいないようだった。


それから三か月後のことだった。

塩村から「今晩《こんばん》いっしょに食事をしよう」とのさそいがきた。

むげに断るのもかわいそうなので、とりあえず行ってみることにした。

無理やり部屋に引っぱりこまれるのは、さけたいところなので、チャイムのボタンをおし、同時に数メートルほど下がって塩村を待つ。

「そんなとこでなにしてる？　早く入んなよ」

ドアから顔をのぞかせ、予想通り塩村がわたしを部屋へ招き入れようとする。

「いや、いい。ここで待ってるから、早くしたくせいっ！」

「したく？　なんのよ？」

「そ・と・で・食べるんだよっ！」

「ふ〜ん。せっかくハヤシ作って待ってたのにな……」

ごちそうになることにした。

塩村の手料理には定評があった上に、わたしの中にひそむ、根っからのハヤシライス好きがだまっていなかったからだ。

やはり塩村のハヤシライスはうまかった。

夢中で食べていると、少しの沈黙《ちんもく》のあと、ぽつりと塩村が話し出した。

「やっぱり、ここ引きはらおうかと思うんだよね……」

「げほっ、ごほっ！　わ、わ、忘《わす》れてた、それっ！」

本当にハヤシライスに夢中で、わたしは一瞬《いっしゅん》、部屋のことを忘《わす》れていた。

「うん……あのねぇ、正直いうと霊《れい》とかなんとか、そういう類《たぐい》のものは、元来信じてなかったんだよね。『人は死んだら土にかえる』って思ってたし。でも、ああいう形でこられるとねぇ……」

「どういう形でもいいからっ！　ちょ、ちょっと外出ようっ！」

ハヤシライスにうしろ髪《がみ》をひかれながら、わたしはすぐにこの間と同じファミレスへ塩村を連れ出した。

その場で聞いた塩村の話は、〝二度とその部屋へは行くべきでない〟と感じさせるものだった。

服飾《ふくしょく》関連の仕事をしている塩村は、ふだん夜九時ごろ帰宅《きたく》する。

部屋に入ると、すぐに風呂《ふろ》の準備をするのだという。

今のようなユニットバスが当たりまえの時代ではない。タイルばりの浴室に、どかんとホーローの浴槽《よくそう》が置かれている。その当時のアパートは、こういう風呂《ふろ》が多かった。

塩村の部屋も例外ではなく、１ＬＤＫのせまい間取りのおくの部屋に〝それ〟はあった。

手前のリビングで寝《ね》るわけにもいかず、ベッドは当然、おくの部屋に置くことになる。

風呂《ふろ》に足をむけると〝北まくら〟になることから、風呂《ふろ》の入り口をまくら側にするしかない、理にかなわない造りだった。

その〝風呂場《ふろば》〟で事件は起きた。

「この間、浴槽《よくそう》の下にせっけんが入っちゃってさ。手《て》で探《さぐ》っているうちに、なんだか『もさっ』とするものをつかんだんだよね」

「……」

「引っ張り出してみると、なが～い髪《かみ》の毛のかたまりでさ。なんだか変にごわついてんだわ。気持ち悪いから、そのままトイレに投げ捨《す》てた」

いたって冷静に塩村が続ける。

「そしたらな、その『髪《かみ》』を持ってた自分の指が、なんだかぬるぬるするわけ……。えっ!?　って見たら、こげ茶色の物体が付いてて、それが異常《いじょう》にくさいのよ」

「……魚のにおい」

わたしは当然のことのように答えた。

「そうそう！　よくわかったな！」

「それはな……血のにおいだぞ」

わたしの言葉にも、塩村はおどろく風ではない。

「うん……だと思ったよ。いったん風呂《ふろ》から上がって、懐中電灯《かいちゅう》持ってきて、浴槽《よくそう》の下をのぞいたら、真っ黒だったよ」

「もしかしてその『死んだ人』って、風呂場《ふろば》でか？」

「大家は確かにそういってた。手首を切ったんだって……」

「そっ、そんなことまで知っててなぜ住めるっ!?」

わたしはあきれるしかなかった。

「だって、金ないし……」

「さっきいってた『ああいう形で』ってその髪《かみ》の毛のことかよ？」

「そうだよ」

「ふぅ……おれはまたてっきり『出た』のかと思ったよ」

「まさか！　こんな『けいけんな』無神論者《むしんろんじゃ》のところには、幽霊《ゆうれい》も出ようがないって！」

そういって笑った塩村の顔が突然《とつぜん》引きつった。

目線は、わたしの肩《かた》のあたりで固まっている。

我々《われわれ》がいま座《すわ》っているボックス席には、となりの席との仕切りにすりガラスがはめこんである。塩村は、そのガラスと席の間の、ちょっとしたすき間を見ているようだった。

目線を動かさず、身動きひとつせず、塩村はわたしに聞いた。

「こんなことって……あるかな」

「ど、どうした?」

「ガラス自体に人影《ひとかげ》なんか映《うつ》ってなかったのに、そこのすき間から……」

「……す、すき間から?」

「人がのぞいてた……」

そういわれて、わたしも対面する塩村の側の仕切りを確認《かくにん》してみるが、確かにガラスに映《うつ》らず、すき間からのぞくことなどできるはずもなかった。

「いやな目だった。自分をじいっと、にらんでるような……」

「とにかく出た方がいいって! それも一日も早く!」

「うん……でもまじで、いま金ないからなぁ。親とはずーっとけんかしてるし……」

「なんだったら、しばらくおれんちくるか?」

「いいよいいよ。だいじょうぶだ。自分でなんとかしてみるさ」

そういって塩村は気丈《きじょう》にふるまってみせた。

なんとかしてやりたいのはやまやまだが、本人があの部屋を出る気にならないと、どうしようもなかった。


それから一週間ほどたったある晩《ばん》のこと、わたしは寝入《ねい》りばなにおかしな夢を見た。どこからともなく、あきらかにうちのとはちがう黒い大型犬が部屋に入ってきて、わたしのふとんをはぎ取りワンワンとほえ立てる。しかし不思議と恐怖感《きょうふかん》はなく、かえって愛《いと》しくさえ感じられるのだ。

するとその犬は突然《とつぜん》、わたしのパジャマのそでに食い付き、ぐいぐいとどこかへ引っ張って行こうとした。心の中で（わかったわかった）と考えるとぱっとそでをはなし、今度は〝こっちへこい！〟とばかりに全速力で走り出す。

自分の意識を飛ばして、なんとか犬の後を付いていくと、なんと塩村のアパートへたどり着いた。

すると黒い犬は、塩村の部屋のドアにむかって大声でほえ立て、つめでガリガリと〝開けて!〟をくり返す……と、わたしはここで目が覚めた。

「まずいっ! これはまずいぞっ!」

時刻は夜中の二時を少し回ったあたり。

電話するよりむかった方が早いと思ったわたしは、近所迷惑《めいわく》もかえりみず大爆音《だいばくおん》のする愛車のアクセルを一気にふみこんだ。

塩村の家までは、十五分くらいでたどり着ける。

(無事でいてくれよ!)

そう思いながら車を飛ばす。

アパートに到着《とうちゃく》したものの、部屋のかぎなど持っているはずもない。大家の家のドアをドンドンとやり、なんとかたたき起こすことに成功した。事情を話して、大家立ち会いの下で塩村の部屋へと土足でふみこむ。

おくの部屋へと続くふすま、そして、風呂場《ふろば》のドアを開ける。

そこには浴槽《よくそう》を血で真っ赤に染《そ》め、くちびるを紫色《むらさきいろ》に変色させた塩村の姿《すがた》があった。

「大家さんっ！　早く救急車をっ！」

「あ、ああっ！」

大家があわてて電話をかけにいく。

「おいっ！　だいじょうぶかっ！　しっかりしろっ！　おいっ！」

「う、うう……ん」

「よしっ！　生きてるな！」

数分後、救急車が到着《とうちゃく》し、塩村は無事に病院へと搬送《はんそう》された。


付きそった先の病院に警察《けいさつ》がやってきて、わたしは事情聴取《ちょうしゅ》を受けた。しかし〝なぜ塩村の急変を知ったか？〟ということについては、警察官《けいさつかん》もただ首をひねるばかりだった。

出血がひどく、一時は昏睡《こんすい》状態にまでおちいったものの、塩村は三日もすると元気になって、病院食をばくばく食べていた。

すっかり落ち着いたようすを確認《かくにん》して、わたしは塩村に聞いてみた。

「おまえ、なんで手首なんか切った？」

「わからんのだわ……まじで……。気付いたら病院にいたしな。それより、聞きたいことがあるのはおれの方だ。なんでおまえがおれの部屋にいたんだ？」

「いや、実はな……」

そこでわたしは、例の〝黒い大きな犬〟のことを塩村に教えた。

「そうなんだ……。そう……なんだ……。う、うううっ……」

わたしの話を聞いた塩村は、やがておさえきれずに大泣きし始めた。

その犬の名は〝トビー〟といい、とても頭のいいレトリバーだったそうだ。

しかし五歳《さい》の若《わか》さで感染症《かんせんしょう》にかかり、あえなくその短い生涯《しょうがい》を閉《と》じてしまったのだという。

トビーはその後しばらく、塩村の夢まくらに立ち、手首のあたりを必死になめて介抱《かいほう》していたらしい。

そのかいあってか、傷口《きずぐち》は超絶的《ちょうぜつてき》な速さで回復し、退院するまえの晩《ばん》を最後にトビーが現れることはなくなったそうだ。

ニワトリ

雨が降《ふ》っているというのに、わたしはなにを思ったか、ひさしぶりのウォーキングに出た。

その日はいつもの道とはちがう、ちょっと遠回りのコースを選択《せんたく》。

それにしても、なんだかおかしな降《ふ》り方をする雨だった。

そこそこの量が落ちてきているのに、ちっとも〝雨音〟がしないのだ。

気がつくと、全然知らない家なみ、それも大きな敷地《しきち》の木造家屋が立ちならぶ一角を歩いていた。

(すごい門構えだな……まるで時代劇《じだいげき》に出てくる武家屋敷《ぶけやしき》みたいだ)

そう思いながら歩調をゆるめた。少しあたりを見回しながらゆっくりと散策《さんさく》する。

そんなときだった。

〝ククッ……ククッ〟


不意に背後《はいご》からなにかが聞こえた。

ふり返るがなにもいない。

少し歩くと、また〝ククッ〟と聞こえる。

気のせいなどではない。


以前どこかで聞いたことのあるその音は、まちがいなくわたしを意識しているのがわかった。

急にうすら寒くなったわたしは、そこからジョギングスタイルにスイッチし、一気にピッチを上げた。

（は、早く明るいところへ出よう……）

そう思ったときだった。


〝タッタッタッタッタッタッタッタッ！〟

実に軽快な歩調とともに、なにかが背後《はいご》から急速に近付いてくるのがわかった。

おどろいたわたしは、ためらうことなくふりむいた！


街灯ひとつないお屋敷街《やしきがい》。

依然《いぜん》、降《ふ》り続く雨は、ますます勢いを増して顔にたたきつける。


……ニワトリ。

闇夜《やみよ》にとけこむようにして、漆黒《しっこく》のニワトリが大雨の中をこちらにむかって疾走《しっそう》してくる。

しかもその大きさが尋常《じんじょう》ではなく、まるで小さなダチョウのようだった。

「うわわっ！　な、なんでっ！」

そうさけんだとたん、それはわたしの横を通り過ぎ、細い路地の入り口に置かれた道祖神に吸《す》いこまれて消えた。


いま思い出しても不思議なのだが、あれはまぎれもなく〝ニワトリ〟だった。

幽《ゆう》霊《れい》が出るんです……

わたしは以前、自宅《じたく》からほど近い場所にオフィスを持っていた。

オフィスといっても、ちょっとこじゃれたマンションの一室である。

そのマンションは全部で四世帯入居可能で、わたしのオフィスは建物にむかって右側の二階部分に位置していた。

他の部屋は居住用として、ふつうに人が住んでいるわけで、それなりにご近所付き合いもこなさないといけない。

下の住人が引っこし、そのすぐあとに新婚《しんこん》の夫婦《ふうふ》が入居することになったと、ある日、大家が報告にきた。

それから数日後の日曜日、その夫婦《ふうふ》のものと思われる引っこしのトラックが到着《とうちゃく》。しばらくばたばたしていたが、夜になって夫婦《ふうふ》が手土産《てみやげ》持参で、わたしのところにあいさつにきた。

おくさんはなかなかの美人で、旦那《だんな》さんは東京都内の商社に勤《つと》めているという。

「よろしくお願いします」

「こちらこそ……」

おざなりなあいさつを交《か》わしたあと、ふたりは自室へと帰っていった。


それから一週間ほどした、ある真夜中のことだ。

下の階から、なんともいえないうめき声に近いものが聞こえてくる。

「う……ううぅ～ん……うううぅぅぅ……」

そのときわたしは、車雑誌《くるまざっし》の原稿《げんこう》を書いていた。

わたしは静かな状態でないと文章が書けないタイプで、部屋の中はまったくの無音。

だからこそはっきりと聞こえたのだ。

(なんだかえらく気味の悪い声だなぁ……)

そう思いながら、キッチンにコーヒーを取りにむかう。

すると不意に、部屋の外の廊下《ろうか》に強烈《きょうれつ》な人の気配を感じた。

あろうことか、わたしはなんのためらいもなく、廊下《ろうか》へ続くドアを開けてしまった。

なんとそこには、見たこともない女が、典型的ともいえる〝古典的幽霊《ゆうれい》スタイル〟を誇示《こじ》して、ぬぼーっと立っている。

極端《きょくたん》に右にかたむけた顔を小刻《こきざ》みにゆらし、ななめに大きく開かれた口からは、

「ギシッギシッ……ギギッ……ギシギシギシギシッ……」

という、歯ぎしりに似た音を発している。

あまりのことに、いれたばかりのコーヒーをその場に投げ出し、買ったばかりの高価なマグカップを割《わ》ってしまった。

「うわああっ!!」

次に視線《しせん》をもどしたときには女は消えていたが、〝それ〟が立っていたと思われる場所には、そこはかとなく白檀《びゃくだん》の香《かお》りが残っていた。白檀《びゃくだん》はよく線香《せんこう》に使われる香《かお》りだ。


それから十日ほどたった日のこと。朝早く出かける用事があり、わたしはマンションまえの

車庫にむかっていた。

階段《かいだん》を下りていくと、下の部屋のドアが開く音がする。

「おはようございます」

下の部屋の旦那《だんな》さんにそう声をかけられ、「ああ、おはようございます」とえしゃくを返す。

「あの、すみません、ちょっと……よろしいでしょうか？」

旦那《だんな》さんに呼《よ》びとめられ、なにかと思って聞いてみると、ぜひとも相談にのってほしいことがあるので、今晩《こんばん》わたしの部屋にきたいという。

断る理由もないので、時間をすり合わせてその場をあとにした。


その晩《ばん》、約束の時間ちょうどにやってきた若夫婦《わかふうふ》は、なにか思いつめているかのような、実に神妙《しんみょう》な面持《おもも》ちだった。

ソファーに腰《こし》を下ろし、意を決したように旦那《だんな》さんが話し出す。

「あの、あのですね。実はうちの寝室《しんしつ》に……幽霊《ゆうれい》が出るんです」

出しぬけにそういわれ、おどろくわたしにかまわず、旦那《だんな》さんが続ける。

「十日ほどまえの夜中に、寝室《しんしつ》として使っている部屋のすみに、気味の悪い女が立ちまして。それに気づいて家内を起こし、ふたりとも……その、見てしまったんです。次の瞬間《しゅんかん》、ふたり同時に強烈《きょうれつ》な金《かな》しばりになっていました。するとその女がいきなり家内に近づき、おなかの中にこう……手をつっこんだんです。ふたりともそのまま気を失ったような感じで朝をむかえました。先に気がついた家内が、腹部《ふくぶ》の痛《いた》みを訴《うった》えだしまして、病院に行って診《み》てもらったところ、妊娠《にんしん》していたはずが……残念なことになってしまっている……と」

確かに十日まえの深夜、わたしの部屋にも女の霊体《れいたい》らしきものが現れている。

おかげで、壁《かべ》にコーヒーによるとんでもない大きさのシミができてしまったのは事実だ。

その後、若夫婦《わかふうふ》はまるでにげるように、どこかへ引っこしてしまった。

そのマンションでは過去に事件などは起きておらず、その土地にまつわる問題もいっさい見当たらない。

若夫婦《わかふうふ》本人たちが持つ因縁《いんねん》なのか、それともまったく別の要因なのかは、いまだ判明しない。

かくれんぼ

十三、四年まえ、群馬県の山間部で友人の栗田《くりた》が体験した話だ。
手がきされた地図をたよりに、栗田《くりた》はある建設現場の事務所を訪《おとず》れることになった。

ところが、市街地をはなれて国道から農村部に入ると、その手がき地図がまったく役に立たない。

なん十分もあたりを走り回るが、それらしいものに一向に行き当たらないのだ。

時間の約束をしていないのは幸いだったが、日の高いうちに着かなければ、相手に失礼にあたる。

ところが心はあせっているにもかかわらず、なぜだか先ほどから異様《いよう》な眠気《ねむけ》がおそってくる。

どうにもたえられなくなり、通行の邪魔《じゃま》にならない峠《とうげ》の路肩《ろかた》に車を停《と》め、少し休息を取ることにした。

シートをたおし、腕組《うでぐ》みしたまま目を閉《と》じる。

換気《かんき》のために10センチほど開けた運転席の窓《まど》から、小鳥のさえずりや木々のゆれる音が聞こえてくる。

「んっ?」

栗田《くりた》ははっとした。

だれかが……近くにいる。

車の周囲に積もった落ち葉をふみしだく音は、まちがいなく人の足音だ。

それもさくさく歩いているのではなく、まるで子どもがちょこまかするかのような、そんな足音に聞こえる。

「なんだいったい?」

ひとりごちて身を起こし、周囲を見わたしてみるが、人影《ひとかげ》などどこにもない。

(気のせいだったか……)

そう思って再び目を閉《と》じようとした瞬間《しゅんかん》、左のミラーになにかが映《うつ》った。

まるで車の背後《はいご》に回りこむかのように消えた、小さな人影《ひとかげ》。

「な、なんだ？」

なおもミラーを凝視《ぎょうし》していると、それは車のうしろからひょこっと顔をのぞかせた。

「おいおいおい～」

そういいながらドアを開け、車外に出て周りを確認《かくにん》するがだれもいない。

そしてやにわに思い出した。

先ほどから散々自分はこのあたりを走り回っているが、近隣《きんりん》に人家など見当たらなかった。

「どこかにかくれてるのか？　とにかく車のそばに寄っちゃだめだぞ！」

と声をかけ、ひと通り周囲を確認《かくにん》し、栗田《くりた》は車内へともどった。

今少し寝《ね》ようと目をつぶりかけた、まさにそのときだった。

〝ミシシッ〟とすぐ横にある窓《まど》ガラスが鳴った。

おどろいて目をやると、開いている窓《まど》のすき間に手をかけ、そこから車内を必死にのぞきこむ男の子の姿《すがた》が。

「おおい、なんだよっ！」

栗田《くりた》が声をあららげると、男の子は1メートルほどすっと下がって横に立った。

男の子には白目がなかった。

黒目だけのまなこを見開くと、極端《きょくたん》にゆがんだ口で男の子がいった。


「みいぃぃぃぃつけたぁっ!」


尋常《じんじょう》でないものを感じた栗田《くりた》は、車を急発進させ、いったんふもとの村落まで下りた。

しかし仕事は仕事、「変な子どもを見たので行けません」などという話は通用しない。

携帯《けいたい》電話で会社に連絡《れんらく》し、とにかく現場の事務所への明確な道筋《みちすじ》を問い合わせた。

それからなんとか事務所に到着《とうちゃく》して仕事をこなしたあと、会社にはもどらず直帰することにした。

自宅《じたく》の駐車場《ちゅうしゃじょう》に着いて車を停《と》め、安堵《あんど》のため息をつく。

玄関《げんかん》を開けようとするが、かぎがかかっている。

インターホンで妻を呼《よ》ぶ。

家の中からは、パタパタと小走りでかけてくる子どもの足音が聞こえる。

玄関《げんかん》が開いて妻が出迎《でむか》えた。

そのうしろにいた子どもがいった。

「みいぃいぃいぃつけたぁっ！」

怪奇《かいき》日食

いまから数十年まえのことだ。

北海道の東部で皆既《かいき》日食が観測された。

当時、北海道網走近郊《あばしりきんこう》に住んでいたという、わたしの友人・児玉《こだま》に少々不思議な話を聞いた。

その昔、北海道開拓《かいたく》のために、関東から入植した児玉《こだま》の一家。父母は朝から晩《ばん》まで、真っ黒になって働いていた。

ひとりっ子であるうえに、関東から移り住んだ彼《かれ》には、なかなか地元の友人もできず、毎日海辺へ行っては石を投げたり、カキの貝がらを拾ったりして遊んでいた。

そんなある日のこと。

いつものようにお決まりの場所へ行くと、見たことのない男の子がたたずんでいる。

最初は気にしないようにしていたのだが、ふり返るとつねにこちらを見ていることに気づき、児玉《こだま》の方から思い切って声をかけたという。

「いっしょに遊ばない？」

するとその男の子はうれしそうにうなずき、児玉《こだま》の方へかけ寄ってきた。

そのとき、なにか奇異《きい》なにおいに気付いたという。

「なんてえのかな。いまではよく目にするけど、イオン発生装置《そうち》ってのがあるだろ？　よく空気清浄機《せいじょうき》なんかについてる、プラズマなんとかっていう。あれって鼻を近づけるとつんとするにおいがあるの、わかるかな……？」

わたしの家にも同じものを発生させる空気清浄機《せいじょうき》があるため、そのたとえでよく理解できた。

「当時はあんなものないからね。『あれ？　こいつ変なにおいがするなぁ』って思って……。まあそれ以上は特に気にしなかったけど」

その日から、男の子は、まるで児玉《こだま》を待っているかのように行く先々に現れ、児玉《こだま》との親交を深めていった。

「いまでこそ忘《わす》れてしまっているが、貝がらや流木なんかを使った遊びが楽しくてね。ぼくにはとうてい思いもつかないような、きてれつな遊び方を彼《かれ》は知ってるんだ。

しかもそれがひとつやふたつじゃない。毎日ちがう遊び方をくり出しては、日がかげるまで砂《すな》だらけになって遊びまわったよ」

ところが。

1963年7月20日のこと。

「明日でお別れだ」

「普段《ふだん》からあまり口を開かなかった彼《かれ》が、夕方別れ際《ぎわ》にそんなことをいうんだ。おどろいて
『なんで!?』って聞いたよ。するとな……。

『明日の〝夜明けの晩《ばん》〟に、帰らねばならない。楽しかった……ありがとう』っていったんだ」

男の子はそういうと、児玉《こだま》にさっきいっしょに海で拾った、角が丸くなったガラスの破片《はへん》を手わたして立ち去ったという。

その次の日の早朝、現地でパーフェクトな皆既《かいき》日食が観測された。

そしてそれ以降《いこう》、男の子が現れることはなかった。

それどころか、村のだれに聞いて回っても、そんな男の子を知る者は、ひとりとしていなかったという。

ファミレス

ある年のくれのこと、わたしはイベントの打ち合わせのため、都内にあるファミレスを訪《おとず》れていた。

その前にあった別の打ち合わせが早めに済《す》んだため、予定よりも一時間半もまえに着いてしまった。とはいえ、時計の針《はり》は、すでに深夜の一時を指している。

まわりを見ても客足はまばら。

(ひと昔まえなら、こんな時間でもめいっぱい客がいたのに……。これも不景気の余波だろうか……)

そんなことを考えながら、バッグからスケジュール帳を取り出してながめていた。

五分ほどたったころ、若《わか》い男女が三人店に入ってきた。

ウェイトレスがわたしの席のふたつ先のボックスに通す。

三人はそれぞれドリンクバーを注文したあと、その中の男性ひとりを席に残したまま、ふたりが飲み物を取りに席を立った。

残った男性はわたしの方をむいた形で座《すわ》っていたが、なにやらぶつぶつとひとり言をいっているのが聞こえる。

「なんだよ、おまえが悪いんだろ……おれは悪くない。もう……いいかげんにしてくれよ」

空いている横の席を伏《ふ》し目《め》がちに凝視《ぎょうし》したまま、同じことをなんどもくりかえすその姿《すがた》は、なんとも不気味でしかたない。

（なんだコイツ。薄《うす》っ気味悪いなぁ……）

そのようすを見て、なんだかえらく〝悪いもの〟を持っていると、わたしは直感した。

対面して座《すわ》っているわたしとは絶対に目を合わそうとせず、ひたすら下をむいたまま、ぶつぶつぶつぶつといい続けている。

そこへ席を立ったふたりがもどってきた。

そこからは、いたって当たりまえの、今風の若者《わかもの》らしい話題に花が咲《さ》き、わたしも特別気にはならなくなっていた。

しばらくして、女性がこう切り出した。

「そういえば、Mちゃんは？」

どうやらそれは、先程《さきほど》の男性の彼女《かのじょ》のことらしかった。

「うん……おれは悪くないのに……」

また始まった。さっきのぶつぶつだ。

そのようすに、男性のむかいに座《すわ》ったふたりはただ、だまっている。

ふたりがもどってからは声だけ聞いていたが、気になってわたしは例の男性に視線《しせん》をやった。

あれっ!?

ついさっきまで空いていた男性のとなりの席に、だれか座《すわ》っている。


……女!?

思わず声が出そうになった。

女の髪《かみ》の毛は、寝癖《ねぐせ》のように乱《みだ》れたまま固まり、見開かれた目はまるで腐《くさ》った魚のよう。
だらしなく口を開けたまま、ななめ上45度あたりをむき、あぁ……はあはあはあ……あああ
……はあはあはあはああああああ……と笑っている。
それに着ている服は、まぎれもなくパジャマだった。

するとまえに座《すわ》っている女性が口を開いた。
「あのさぁ、そういうところマジで直した方がいいんじゃない？　はっきりいって、見ていて
いらいらすんだよね！」
その声におどろいたように顔を上げた男性は、不意に立ち上がると、ポケットから無造作に
小銭《こぜに》を取り出した。
「これ！」
吐《は》き捨《す》てるようにそういうと、男性はテーブルの上に小銭《こぜに》をガシャッとたたきつけ、そそく
さと店を出て行ってしまった。
ところが……だ。

その後、どこを見ても、先ほどのパジャマ姿《すがた》の女が見当たらないのだ。

残ったふたりはむかい合って座《すわ》りなおし、なにやらコソコソと話し始めたが、わたしの席からはそれを聞き取ることはできなかった。

間もなくしてそのふたりも店を出るようすで、入り口横にあるレジにむかった。

（いったいなんだったんだろう？　あのいきなり現れた女は、どう見ても〝人〟ではなかった……）

そんなことを思いながら窓《まど》の外の景色をながめていると、店を出たふたりが歩いていくのが見えた。

が、なにかがおかしい。

そのうしろ姿《すがた》が、ふたりではないのだ。

まるでふたりの間を割《わ》るようにして、もうひとり……いや、並《なら》んでいるんじゃない。

ふたりの間を埋《う》めるかのように、〝溶《と》けこんでいる〟のだ。

そう。それは……先ほどのパジャマ姿《すがた》の女だった。

その〝三人〟は、その後いったいどうなったのだろうか？

遠野《とおの》で出会った子どもたち

今から数年まえ、わたしはかねて念願だった、岩手県遠野《とおの》に旅に出た。旅といっても単なる物見遊山《ゆさん》ではなく、友人と撮影隊《さつえいたい》が入り交じっての取材旅行である。

駅に着くと、さっそくレンタカー会社でミニバンを借り、有名無名問わず名所をめぐる。時間のたつのは早いもので、気がつくと日はかなり西へとかたむき、カラスたちの一団が山の方角へと帰っていく。

「最後にもう一か所、小さな石塔《せきとう》ばかりがならんだ場所があるんですが、それを見て宿にもどりましょう」

ガイド役を務めるスタッフにいわれてむかった先には、古く小さな石塔《せきとう》がびっしりとならんだ一角があった。

石塔《せきとう》のひとつに目をやった瞬間《しゅんかん》だった。

〝ちりり〜ん〟

風情《ふぜい》のある風鈴《ふうりん》……そんな趣《おもむき》を感じさせる、心地《ここち》のよい音色がわたしの耳に届《とど》いた。

その晩《ばん》は、ごくごく一般的《いっぱんてき》な民宿といった雰囲気《ふんいき》の宿に宿泊《しゅくはく》した。

我々《われわれ》に割《わ》り当てられた部屋は、六畳《じょう》ほどの和室で、そこに男三人で寝《ね》る。スペース的には余《よ》裕《ゆう》のない割《わり》ときつきつの状態だ。

雑談を夜半までくり広げ、ふとんをしいたときには、すでに深夜一時を過ぎていた。

夕方、あの石塔《せきとう》がならんだ場所へ行った直後から、わたしにはひとつの〝予感〟があった。

プロ用のカメラに魚眼レンズをセットしてねむりにつくことにする。

しばらくすると、右に寝《ね》ているふたりは軽いいびきをかき出した。

日中よく歩いたためだろうか、そのうちわたしにも睡魔《すいま》がおそってきた。

と、そのときだった。

バシィッッ!!

部屋の右上あたりから、闇《やみ》を切りさくかのような、強烈《きょうれつ》なラップ音が聞こえた。

ラップ音というのは、部屋や空間から、聞こえるはずのないある種の音が聞こえる現象のことだ。関節を鳴らすような音や、かわいた板が割《わ》れるような音がすることが多い。

最初の音に続いて〝ピチッパチッ！〟という比較的《ひかくてき》小さな音が、部屋のいたる所から聞こえ出した。

（おお、やっぱりきたね……）

そう思いながらも、わたしの胸《むね》は早鐘《はやがね》のように打っている。

いったん上半身を起こし、部屋の中を見定めようとするが、体が動かない。

（……あれ？　か、金しばり！）

するとわたしの足元のあたりが、ほんのりと明るみだし、それから左の方に、ひとつの気配が固まりだした。

金しばりになりながらも、じっと凝視《ぎょうし》しているわたしのまえに、それはゆっくりと姿《すがた》を現し始めた。

初めは小さな光の玉のようだった。

それらが、すうっすうっ……と床《ゆか》に降《お》り立つと、じょじょに一体ずつ形になりだした。まるで陽炎《かげろう》のように、ゆらゆらとゆらいでいる。

現れたのは、いずれも年のころ、五、六歳《さい》の子どもたちだった。中にひとりだけ十歳《さい》くらいの女の子がいる。

やがてその子が語り出した。

「主はなぜ、この地に参られた」

口は動いておらず方言でもない。

テレパシーのように、わたしの頭や心に直接、語りかけてきている。

「黙《もく》していてはわからぬ。主は空への橋わたりをなしてくれる行者様ではないのか……」

中途半端《ちゅうとはんぱ》な姿勢《しせい》で固まっているわたしになす術《すべ》はなく、ただただ彼女《かのじょ》の顔を見つめていた。

すると、すうっと体が楽になった。

「なぜあなたたちは、死のふちに追いやられたのか？」

わたしも声のない質問をしてみる。

すると、思った通りの答えが返ってきた。

「我《あ》はニシノムラの津田《つだ》の娘《むすめ》で、名をミチという。イナゴが多く出た年の夏に、川に流された。このものたちもまた、その父母に殺《あや》められ、あるものは山に捨《す》てられ、またあるものは水に流された」

「なぜ最愛の我《わ》が子をその手にかけたのか？」

「……口減らしじゃ……」

わたしは涙《なみだ》が止まらなかった。

愛する我《わ》が子《こ》を、その手にかけなければならないほどの不幸が、その村で実際に起こっていたのだ。

それがどれだけの苦悩《くのう》であったか。親が決断のときに感じた悲しみは、我々《われわれ》の想像を絶する。

女の子は続けた。彼女《かのじょ》の悲しみが、ダイレクトにわたしの心に伝わってくる。

「父は血の涙《なみだ》を流して、我《あ》をしめ上げた。すまぬ、すまぬと声をあらげ、おのれも泣きくれていた。しかし母とともに翌年《よくねん》、肺病《はいびょう》で死んだ……」

「父母はむかえにこないのか?」

「いまだ会えぬ……」

女の子は悲しそうにつぶやいた。

わたしはこう伝えることにした。

「申しわけないが、わたしはあなたたちを天に導く術《すべ》を知りません。でも一日も早く両親と会えるよう、心から祈《いの》ることはできる。非力な自分に腹《はら》が立つが、どうかそれで許してほしい」

子どもたちは力なく肩《かた》を落とした。

ヒクヒクとすすりなきを始める子もいた。

するとあの女の子が、明るい顔をわたしにむけて、こういった。

「しかとおたのみ申しそうろう……」

そして頭を下げると、再びひとり、またひとりと小さな光の玉となり、部屋の中をしばらくただよったあと、天井《てんじょう》へとぬけていった。
最後まで名残《なごり》おしそうにゆらいでいた、少し大きく見える純白《じゅんぱく》の光があった。
たぶんそれはあのいちばん大きな女の子。わたしにはそう思えてならない。

機械音

（ああ、またか……）

ある晩《ばん》、床《とこ》に就《つ》いて少しすると、いつものあの感覚がきた。

金しばり……。

耳鳴りがしだして少しすると、足の先からじんじんとしびれが上がってきて、わき腹《ばら》をくすぐられるような、いつもの感覚。

（代わりばえしねえなぁ……）

そう思った次の瞬間《しゅんかん》。

わたしは自分を見下ろして立っていた。

明かりを点《つ》けずにいたはずなのだが、なんだか部屋全体がほんのりと明るい。

眉間《みけん》にしわをよせ、苦しそうにしている自分を見て、〝おお、金しばりっていうのは、見てわかるものなんだな〟と、なんだか変に冷静な分析《ぶんせき》をしていた。

少しの間、苦しそうな〝自分〟を見ていたが、わたしはふとあることを思い立った。

（もしかして、このままこの場を立ち去ったりすると、おれは死ぬんだろうか。

昔、漫画家《まんがか》のつのだじろうさんがいっていた通り、でかいカマを持った死神が現れて、魂《たま》の緒《お》を切りにくるんだろうか……？）

そんなことを考えながら、自分のへそと頭のあたりをいじってみるが、明らかに〝魂《たま》の緒《お》〟と思われるようなものはなかった。

（ちょっと下の階へ下りてみようかな……）

〝魂《たま》の緒《お》〟が見つからず変に安心したわたしは、寝室《しんしつ》をぬけ出した。実際には、意識を階段《かいだん》へむけたという感じだろうか。

すると……階段《かいだん》になにかがいる。

それもひとりやふたりではない。

なんだか意味不明なものが、おかしな息づかいで階段《かいだん》を上ってくるのだ。


ぜあああぁぁぁぁぁぁ……

ぜあああぁぁぁぁぁぁ……

ぜあああぁぁぁぁぁぁ……


身の丈《たけ》50センチほどのそれらは、みんな灰色《はいいろ》のローブをまとい、頭にはすっぽりとフードをかぶっている。

なによりも意味不明だったのは、手に手に青銅製と思われるひしゃくを持っていることだった。

先頭にいるそれが、ふと〝なにか〟に気づき、歩みを止めた。

〝なにか〟が、わたし自身であることはすぐにわかった。

次の瞬間《しゅんかん》。

ぎりぎりぎりぎりぎりぎりぎりぎりぎりぎりぎりぎりぎりぎりっ！

突然《とつぜん》、目のまえにいるそれの口から、耳をつんざくような金属音が鳴りひびいた。

「うわわっ！」

思わずわたしは両手で耳をふさいだ。

そして、そのままものすごい力でうしろへ引きよせられた……。

気がつくと、わたしはふとんの中にいた。

「ああ、おどろいたぁ……」

なんとなくひとりごちて、いつの間にやら、そのままねむりに就《つ》いたらしい。

「お父さんっ！　あたしそろそろ出かけるからねっ！」

翌朝《よくあさ》わたしは、下の娘《むすめ》にたたき起こされた。

「えっやばっ！　寝過《ねす》ごしたっ！　朝ご飯は!?」

「コーンフレーク食べたからもういい」

「そうですか……あのぅ、お姉ちゃんは？」

わたしは娘《むすめ》に申し訳《わけ》なく思いながらたずねる。

「今日はバレーボールの朝練があるからって、とっくに出かけました」

「申し訳《わけ》ありません……」

当家では最近、父の威厳《いげん》とかいうものが見当たらない。

娘《むすめ》を見送るためいっしょに玄関《げんかん》へむかう。

「出かけるなら、かぎはいつもの場所にお願いね」

「はい、心得ております」

「それじゃあ、行ってきま……あっ！」

「今度はなんでございましょう？」

〝なんでも聞きますよ〟という態度で、娘《むすめ》の言葉を待つ。

「あのねえ、お父さん！　ご近所迷惑《めいわく》だから、夜中に変な機械動かすのやめてください！」

「なんですか？」

「昨夜《ゆうべ》のことですっ！」

「機械なぞ動かしてはござらんが……」

「ぎりぎりぎりぎりぎりって！」

バンッと玄関《げんかん》のドアをしめて、娘《むすめ》は出かけていった。

あまりにおそろしくて、それ以降《いこう》その話題にはふれていない。

あぶらすまし

「妖怪《ようかい》が出た！」


つい先日のことだが、秋田県に住む友人の片平《かたひら》からこんな電話がきた。

なんだか翻訳《ほんやく》ソフトでも必要なのではないかというほど、あわてたようすだったので、落ち着いて話せとうながす。

話の概要《がいよう》はこうであった。

正月をこしたあたりから、毎朝、玄関先《げんかんさき》に一筋《ひとすじ》のワラが落ちている。

通常今の季節では、牛の飼料は専用《せんよう》倉庫に保管しているため、こんな場所に落ちていることはない。

ワラはほぼ毎日落ちており、家族ともども、ただただ首をひねるばかりであった。

二月に入ったある日のこと。

川むかいに住む遠縁《とおえん》のおじが、たまたま茶を飲みに寄った際、出しぬけにこんなことをいいだした。

「このあいだ朝、こっぱやく起きて、家のまえの雪かきをしてた。

なに気なくおまえの家の方を見ると、なんだかおかしなものがうごめいていてな。

最初は目の錯覚《さっかく》かと思ったが、どうやらそいつは確かにいる。

かかあにも確認《かくにん》させようと呼《よ》んで、指をさしてやるとやっぱり『いる』という。

身の丈《たけ》三尺《しゃく》（約90センチ）ほどで頭に髪《かみ》はなくて、まるで大きな栗《くり》のようだった。

全身を大きくふくらんだみのでくるみ、手にきらきらかがやくつえのようなものを持っとった。そいつがくるくると回りながら、なにかいってるんだが、間に川があるせいで聞きとることはできんかった……」

〝ワラが落ちている〟話は、片平《かたひら》の家族以外だれも知らないことだった。

ワラの話を聞いたおじは、すぐにその晩《ばん》、家族を集め、みんなに話して聞かせたが、これといって思い当たるようなことはなにもでなかったという。

〝妖怪《ようかい》あぶらすまし〟

その話を聞いて、とっさにわたしの脳裏《のうり》に浮《う》かんだのがこれだ。

そのとき、電話のむこうで片平《かたひら》がさけんだ。

「なっ、なっ、ながむらっ！　あだってらんだ!!」

なんと宝《たから》くじの一等に当選したという。

妖怪《ようかい》あぶらすましの力なのだろうか。

トイレを囲む者

いまから十数年まえの夏のことだ。

友人の新井《あらい》に連れられ、埼玉県《さいたまけん》にある山に登った。

登ったといっても、ザックを背負《せお》っての登山ではない。

単に「夜景がきれいだから」という理由で新井《あらい》にさそわれ、車でくねくねと上がって行った。

新井《あらい》が自慢《じまん》の車で家にむかえにきたのは、夜十時を少しまわったころだった。

ふたりで県西部へむけて出発。途中《とちゅう》のコンビニで缶《かん》コーヒーを買い、ほどなくしてきわめて細いつづら折りの山道を登り出した。

ぐいぐいと、まるでブルドーザーのように急坂《きゅうはん》を上がり、あるあたりまでくると、車は急に速度を落として右方向へと頭をふって停《と》まった。

暗くてよくわからないが、おそらく車のすぐ先は奈落《ならく》の底だと思われた。

ヘッドライトは虚空《こくう》を照らし、ときおり飛び交《か》う小虫をとらえている。

「いいか、見てろよ」

新井《あらい》はひと言そういうと、エンジンとヘッドライトを同時に切った。

目のまえには、まばゆくいろどられた街の明かりが広がっていた。

「どうだ?」

「すげえな……」

わたしはつぶやくようにいった。

「おれと肩《かた》組みたくなるだろ?」

「なるかっ!」

決して極彩色《ごくさいしき》にいろどられた〝なん万ドルの夜景〟のような派手《はで》なものではない。

でも故郷《こきょう》をはなれて久しいわたしにとって、その夜景は久しぶりに目にする光景だったことは確かだ。

先ほど買ったコーヒーを手に、ふたりで車の外に出てみる。

街とちがい、ここの空気は実に清浄《せいじょう》で、冷え冷えとさえわたっている。

（こんなところまできて、またこの光景にめぐり合えるなんてなぁ……）

などと、センチメンタルな気持ちにひたりかけたときだった。

「う……」

わたしの腹《はら》をいやな感覚がおそう。

「どうした？」

「ちょっと、腹《はら》いてえ……トイレ」

「またかよっ！」

わたしはおなかが弱い。

冷たい夜風に冷えたコーヒーという相乗効果で、わたしの腹《はら》が悲鳴を上げ始めた。


どこかにトイレらしきものがないかと周囲を見わたすと、それまで気付かなかったが、すぐうしろに山寺らしきものがある。

手まえに設置された駐車場《ちゅうしゃじょう》のそばに、古めかしい木造のトイレがあるのが目に留まった。

ポケットティッシュをにぎりしめ、わたしは小走りに向かった。建物に近づくにつれ、その全容が明らかになった。

ところどころしっくいがはがれ落ちた土かべ……うすぼんやりと灯《とも》る裸電球《はだかでんきゅう》……。トイレというよりは便所、かわやといった方がいいおもむきである。

しかし、いまはそれどころではない。

若干《じゃっかん》まえかがみになりつつ、木戸を開けていちばんおくの個室へと飛びこんだ。

(ふう……まるで命がつながったように思うね……)

ふと見上げると、上部に備え付けられた窓《まど》から、上弦《じょうげん》の月が顔をのぞかせている。

用を足し、腹《はら》の具合もおさまってきたところで、そろそろ出ようかと立ち上がりかけたときだった。


んん～んんん～……

んおぉぉぉ……

薄《うす》い木戸のすぐむこうで、複数の男のうなり声が聞こえた。

しかも声が動いている。

そのトイレは、左右どちらからでも入れるように、建物の両側に入り口があった。

どうやら声を発している連中は一列に並《なら》んで、建物の中に入り、個室のまえの通路を通って、ぐるぐると歩き回っているようだった。

いまこのタイミングで個室のとびらを開ければ、連中とはち合わせしてしまう。

和式便器が設置された段に上って窓《まど》から外をのぞくと、新井《あらい》の車が遠くに見えた。

一瞬《いっしゅん》声を出して新井《あらい》に助けを求めようかとも思ったが、そんなことをすれば自分の存在《そんざい》を連中に教えるようなものだ。

どうしたものかと、しばらくせまい個室にとじこもり、頭をひねった。

とびらの外では、相変わらず、なん人もの〝うなる男〟が徘徊《はいかい》している。

ふとこんな考えが頭をよぎった。

（待てよ……場所が場所だけに、この山では毎晩《まいばん》こうしてなんらかの〝修行《しゅぎょう》〟を積んでいる人がいるのかもしれない。だとすれば、決してあやしいことなどではなく……）

そう思うととつぜん、こんなところにとじこもっている自分が、異様《いよう》におかしく思えた。

耳をすますと、男たちの歩くペースにはある程度の〝間〟があるようで、通り過ぎるうなり声のすきをつけば、彼《かれ》らのじゃまにならずに出られると思われた。

二重にかかった木製のかんぬきに手をかけ、上からそーっと順に開け、そのときを待つことにした。

んおぉぉぉぉ……

まずひとりが行き過ぎていく。

軽い衣《きぬ》ずれの音と、わらじらしきはき物が地面をする音が遠ざかる。

んん〜〜〜〜……

次の男が近づき、いま目のまえを……通り過ぎた！

間髪《かんはつ》を容《い》れずとびらを開け、外に飛び出す！


「あっ……」

しかし、そこには猫《ねこ》の子一匹《ぴき》見当たらなかった。


バボボーン！

急に気味が悪くなったわたしが建物から出ると、遠くに停《と》まっていた新井《あらい》の車からエンジン音がひびきわたった。

しかもおかしな具合に、なんどもなんども空ぶかしをしている。

それに尋常《じんじょう》でないものを感じたわたしは、一目散に新井《あらい》の車にむかってかけ出した。

車まであと50メートルというあたりまできたとき、運転席の窓《まど》ごしに新井《あらい》がなにかを大声でさけんでいることに気付き、わたしは戦慄《せんりつ》した。

「早くこいっ！　もっと早く走れーっ!!」

バンバンとドアをたたきながら、激《はげ》しくさけぶ新井《あらい》の姿《すがた》がおそろしかった。

そして聞こえた。

聞こえてしまった。


おおおおおおおおおおお〜〜!!


わたしの背後《はいご》からせまりくる、男たちの声！　声!!　声！！！

命からがらわたしは助手席側にまわりこみ、ドアを開けると同時に、たったいま走ってきた道をふり返ってがく然とした。

トイレの建物全体が青白く光り、そこからなん十なん百という火の玉がわき上がっている。

その中のいくつかが、長い尾《お》を引きながらこちらにむかって飛んできていたのだ。

わたしが車に乗ったと同時に、新井《あらい》は車を急発進させた。

山を下り、落ち着ける場所までできたところで、新井《あらい》がようやく口を開いた。

「おまえがあの中へ入って少したったくらいから、なんだか周囲の空気ががらりと変わったように思えた。

外にひとりで立ってるのもいやなので、車内にもどって夕バコに火をつけると、ライターに灯《とも》った炎《ほのお》がでかくて真っ青な火の玉に変わったんだ。それは開いた窓《まど》から、そのまま空へまい上がっていったんだが、出て行くとき、瞬間的《しゅんかんてき》におれの顔をかすめていった。うそのようだが、その瞬間《しゅんかん》、まるで液体窒素《ちっそ》がかかったかのように冷たかった……」

あたりまえではあるが、その後その山には一度も登っていない。

イランのヘビ

今から十数年まえ、わたしは小さいながらも土木建築会社を営んでいた。

イラン大使館からの斡旋《あっせん》があり、数人のイラン人をやとっていたことがある。

三人とも、実に人間味のある男気に満ちた人間で、言葉の壁《かべ》にぶちあたりながらも、公私《こうし》にわたって行動をともにすることも少なくなかった。

そのなかに、シア・ヴォシュという小柄《こがら》な男がいた。

この男がまた変に気の利《き》く男で、様々な食材を買いこんできては、うちで自国の料理なんかをふるまってくれた。

ある日のこと。

「ナカムラ、シンジル？　オバカ？」

「ばかぁ、信じたって、しかたねえじゃねえか」

「チガウヨ！　オバァカダヨ」

シアは〝お化け〟といいたかったようだが、なんど聞いても〝おばか〟と聞こえる。

へビが嫌《きら》いという話なのかと思っていたら、どうやらそうではないらしい。

「へビ……コワイヨ」

彼《かれ》が必死に話す内容は、こういうものだった。


彼《かれ》の親戚《しんせき》にあたる夫婦《ふうふ》が、自分の畑で野良《のら》作業に精を出していた。

ふたりの間には生後間もない赤ん坊《ぼう》がおり、どこへ行くにも乳母車《うばぐるま》に乗せていっしょに連れて歩いていた。

その日も、いつも通り野良《のら》作業に出むいたふたりは、かんたんな造りの東屋《あずまや》に乳母車《うばぐるま》を置き、畑で働いていた。

母親は時折、子どものようすを見にいっていたが、昼が近くなって弁当の用意をしようと東《あずま》屋《や》へもどり、乳母車《うばぐるま》のなかをのぞきこんで悲鳴を上げた。

なんと、ふだんは目にすることのない白いヘビが、赤ん坊《ぼう》の腹《はら》の上で、とぐろを巻《ま》いている。

その声におどろいて飛んできた父親が、白ヘビをわしづかみにして、はなれたやぶのなかへ投げすてた。

ところが……。

このあとも、なんどもなんども同じヘビは現れ、いつの間にか子どもの腹《はら》の上へと上ってしまう。

「この野郎《やろう》！　ふざけやがって!!」

父親はひと声そうさけぶと、白ヘビを地面にたたきつけ、スコップでめった打ちにして殺してしまった。

「……ツギノヒカラデス」

「……」

「イエノカベ……ヤネ……、ゼーンブ　ヘビ！」

家の壁《かべ》といわず屋根といわず、それどころか家の中にまで、ヘビの群れが……。

わずか一日で、家のすべてが大小のヘビたちによって占拠《せんきょ》されてしまったという。

まるでおとぎばなしのようだが、これは現地の新聞にものった有名な事件なのだという。

写真の女性

薫《かおる》はかなりの〝旅行オタク〟で、いつも国内をうろついている。

長年にわたり、食べ物関連のフリーのライターをして生計を立てていた。

「あのね、伊豆《いず》にいい温泉場《おんせんば》見つけたんだけどさ。どう？」

ある日、彼女《かのじょ》からわたしに旅行のさそいがきた。

「どう？　って……いっしょに行かないかってこと？」

「まあそういうことだね」

薫《かおる》は美人だが、少々ひねくれている。

「行かないっ！」

わたしは即座《そくざ》にことわった。

「なんでよっ!?」

「絶対、妙《みょう》なことが起こるから」

「まだあの写真を気にしてるんだぁ……」

実は以前、彼女《かのじょ》が旅行先で撮《と》ったという、とんでもない心霊《しんれい》写真を見せられたことがあり、わたしは、それが原因と思われるおそろしい体験をしているのだ。

結局、伊豆《いず》へは薫《かおる》ひとりで行ったらしかった。


「あんたのいった通りだった」

数日後、たずねてきた薫《かおる》は開口いちばんそういった。

「うわっ、やっぱりっ！　こっ、今度はなんだ？」

「えへへ……やっぱり写真だね」

どこかうれしそうにいう薫《かおる》は、やはり少し変わっている。

薫《かおる》は胸《むね》ポケットから、一枚《いちまい》の写真を取り出した。

見るとインスタントカメラを使って〝自撮《じど》り〟したらしく、左側に本人のうでが写《うつ》りこんでいる。

しかし今回の写真は以前のものとちがい、さすがのわたしにも一目瞭然《いちもくりょうぜん》な代物《しろもの》だった。

撮《と》った場所は温泉宿《おんせんやど》の一室らしく、全体に薄暗《うすぐら》く陰鬱《いんうつ》な感じ。

被写体《ひしゃたい》である薫《かおる》のうしろに、開け放たれた窓《まど》が見えるのだが、その〝窓《まど》〟が問題だった。

なんと窓《まど》わくに外から両手をかけ、顔の上部半分だけをのぞかせた女が写っている。

しかもくっきりと……。

「うわあぁっ！」

思わずわたしはさけび、手にした写真をぶん投げてしまった。

それほどにおそろしく、おぞましい写真だった。

「すごいでしょ？　こ～れ～は～ねぇ……」

「こ～れ～は～ねぇ、じゃねえ！　な、なんでこんなもん、ポケットに入れて歩いてんだっ！」

薫《かおる》には、とっとと帰ってもらった。


その晩《ばん》。

いやなものを見たせいか、わたしはなかなか寝《ね》つかれず、まくらもとのマンガに手をのばす。

マンガも読み終えてしまうと、数十分ほど、まんじりともせず天井《てんじょう》を見つめていた。

すると〝フィッ〟と耳鳴りがしたかと思うと、一気に金しばりにおちいった。

とっさにわたしは目をつぶったはずなのだが、なぜだかまぶたの裏《うら》に、見覚えのある画像が映《うつ》りこんでくる。

それは……あの写真の画像そのものだった。

しかも、いまわたしが見ている〝それ〟は動いているのだ。


（うわあああああぁぁぁぁっ！　いやだあああああっ！）


いくらもがいても、どうすることもできない。

頭の中で見ている〝うしろの女〟が、必死にわたしの部屋の中へ入ってこようとしているのだ。

（南無阿弥陀仏《なむあみだぶつ》！　南無阿弥陀仏《なむあみだぶつ》！）

思わずわたしは念仏を唱えた。

するとすぐ耳元で、なにかがささやいた。

ぞんだごどいってぼぉ……　ぶだだってぇぇぇぇぇ……

コノワロ

「おまえ　コノワロ　採るか」

おどろいてふりかえると、真っ黒に日焼けした老人がいる。

「びっくりした。……コ、コノワロ？」

「そだ　おまえ……てにある……それ」

山菜を採ろうと、いとこたちと朝から山歩きをし、食べられるかどうかもわからない一片《いっぺん》のキノコを拾ったところだった。

「それ　くえない」

老人は、なんだか目だけがやたらとぎらぎらかがやき、腰《こし》になにかの布を巻《ま》いてはいるが、見た目ははだかに近かった。

身の丈《たけ》は1メートル50センチほどの日焼けした老人は、手に小枝を持ってじっと立っている。

「食えない……のか、これ。あぶねえ、あぶねえ」

そういってやぶのなかに投げ捨《す》てると、なにやらにやりと笑いを浮《う》かべて、老人はこういった。

「うまい　コノワロ　ほしいか？」

「コノワロ……もしかしてキノコのことか？」

（おいおい、あんまり構わない方がいいぞ）

いとこがそっとわたしに耳打ちしてくる。

「おまえ　もってる　こめ　おいてけ」

「こめ？」

「そだ　おまえ　ズタに　はいってる」

「えっ？　ああ、おにぎりのことか……」

わたしはバックパックをおろしたが、老人は一瞬《いっしゅん》、はっとしたような顔をすると、そのまま山中へと姿《すがた》を消してしまった。

「なんだったんだろうな……今の」

「ああいう手合いには、あまり興味を示さない方がいい。こんなところで身ぐるみはがされでもしたら、いったいどうするんだ？」

まさかそんなことはないだろう……といいかけたが、まんざらない話でもない気がして、わたしは言葉をのみこんだ。


それから我々《われわれ》は、山のなかを方々歩き回ったのだが、結局、目当ての山菜は、まったくといっていいほど見つけることができなかった。

日はずいぶんと西へとかたむいてきた。帰りの道のりを考えるとそろそろ限界が迫《せま》っていた。

「今日はもうしょうがねえな。暗くなるとやっかいだから、そろそろもどろうや」

「……」

「おい、聞いてる……」

目のまえで、こちらをむいて立っているいとこの視線《しせん》に、わたしは肝《きも》を冷やした。

「うしろ……」

「なに……？」

そうわたしがいいかけたとき、やにわに背後《はいご》から声がした。

「コノワロ！　コノワロ！」

おどろいてふりかえると、そこにはあの老人が立っている。

「うわっ……！　えっ？」

右側に半分土中に埋《う》まった大石があった。老人が、その石の平らなところへ、どさどさとなにかを置いた。

そしてゆっくりとこちらに近づきながら、細くとがった指を、こちらへとのばしてくる。

「こ〜め！　こ〜め！」

「な、なに……」

「あ、ほら！　さっきいってた、にぎりめしっ！　あれ、わたせ！　早くっ！」

いとこにうながされ、わたしは、いまだバックパックに入ったままになっていた、おにぎりを取りだした。

「あぁ……はぁはぁはぁはぁ　はぁはぁはぁはぁはぁはぁ～」

顔中をくしゃくしゃにし、下がりかけた目尻《めじり》をなおも下げ、老人は笑っている。

これほどのうれしさの表現を、わたしは見たことがないと思うほどだった。

さきほどの石の上に、ふと視線《しせん》を移す。

「おおっ！　こりゃ、すげえぞ！」

なんとそこには、大ぶりな舞茸《まいたけ》が山のように積み上げられている。

「じいさん！　これ全部もらっていいの……あれっ？」

ほんの一瞬《いっしゅん》だった。

ほんの一瞬《いっしゅん》、視線《しせん》を移しただけだったはずなのに、そこにはもうだれの姿《すがた》もなかった。

家に帰り、わたしはこの老人のことを、ひいおじいさんに話してみた。

「コノワロとは、木の童《わらべ》……つまりキノコのことじゃよ。おお、おお、山精様《さんせいさま》に出会ったなぁ。

明日は供物《くもつ》持って、お社《やしろ》へ行かにゃならんなぁ」

その舞茸《まいたけ》の味は、天にものぼるうまさだった。

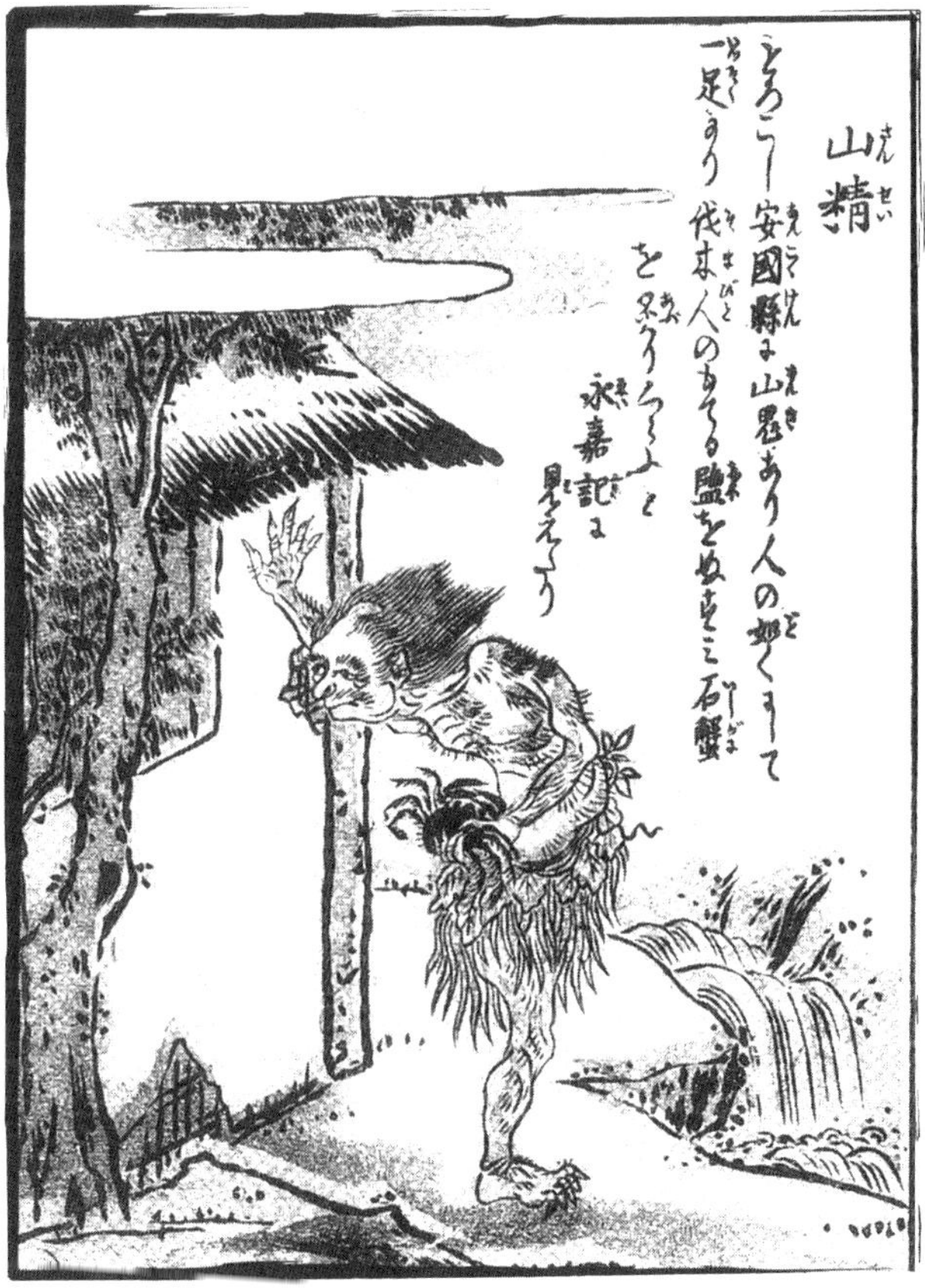
山精《さんせい》
もろこし安國縣《あんこくけん》に山魅《さんき》あり人の如《ごと》くにして一足《いつそく》なり伐木人《そまびと》のもてる鹽《しほ》をぬすみて石蟹《いしがに》を炙《あぶ》りくらふよしと
永嘉記《えいかき》に見《み》えたり

河童《かっぱ》

「あんたぁ、河童《かっぱ》てぇのを信じなさるかね？」

出しぬけにそういわれて、わたしは少々面食《めんく》らった。

見るとそこには、かわいらしいじいさんがたたずんでいる。

「人にゃあ、いわんつもりじゃったが……あんたなら差しつかえなさそうじゃ……」

聞くところによると、そのじいさんは生まれながらにして右足が不自由で、運動らしい運動もできずに少年期を過ごしたのだという。

そのころ、太平洋戦争は日本の敗戦で幕《まく》をとじた。

じいさんは、足のせいで出兵もかなわぬまま、友人知人の戦死を知った。

なにもできなかった自分がたまらず、日がな一日、海辺へ出ては大岩の上で過ごしていたという。

ある日のこと。

ふりそそぐ陽光に、つい心がゆるんだじいさんは、いつもの大岩の上で大の字になると、高いびきをかいてそのままねむってしまった。

ザンブリ……　ザザーッ……　ザンブリ……　ザザーッ……

よせる大波と、引き波の音。

生まれたときから聞きなれた〝子守唄《こもりうた》〟が耳に心地《ここち》よくひびく。

そのとき、かすかななにかがじいさんの耳に届《とど》いた。


……スケ……コ……スケ……


波の音にまぎれ、とぎれとぎれではあるが、確実にその声は自分を呼《よ》んでいた。

気付くと、それまで照っていたはずの太陽はすでにどこにもなく、周囲は真っ暗……夜になっていた。

「うわわっ、ね、寝過《ねす》ごしたっ！　まきわりっ！　水くみっ！」

家からいいつかっていた用事を、なにひとつすませていないことが、真っ先に頭をよぎる。

急いでもどろうとするが、そばに置いたはずのちゃんちゃんこが見当たらない。

まわりを見回すがどこにもない。

もしや……と思い、岩から身を乗り出して見ると……あった。

月明かりに照らされ、おぼろ気ではあるが水面にそれと思われるものがただよっている。

「あー、母ちゃんにどやされる……」

重い足取りで家にもどるが、その日は夕飯も食べさせてもらえぬまま床《とこ》に就《つ》いた。

(さっきの声は……おれを呼《よ》ぶ声は、ありゃ、いったいなんだったんだ……)

うでまくらをしながら、うすいふとんにくるまっていると、そんな思いが頭をもたげ始めた。

しかしそれもつかの間、先ほどまで岩の上で、あれだけ寝《ね》ていたにもかかわらず、じいさんは、すっとねむりのふちへと落ちかけた。

……とそのとき。

ジタ……パタパタパタ

ジタ……パタパタ……パタ

ジタジタッ……パタ……パタパタパタ

廊下《ろうか》をなにかが歩いてくる。

まるでいたずらをたくらむ子どものような歩調で、なにかが一歩ずつ、一歩ずつ、縁側《えんがわ》を歩いてこちらに近付いてくるのだ。

歩くたびに板の上に水が落ちる音がする。それが気持ち悪くてしかたがない。

……スケ……コウ……スケ

「だっ、だれっ!?」

思わずじいさんは声をあげた。

『聞け……落ちたと思《おぼ》しき伝えが届《とど》くが……葬礼《そうれい》はせずにおくがよい』

しょうじごしの、すぐそのむこうにいるらしき〝それ〟は、まるでカエルのような声でじいさんに語りかけてきた。

「お、落ちた？　落ちたって……なんのことだ！」

『ソウスケのことよぉ……戦《いくさ》で南へ出むいておるのだろう……』

〝宗助《そうすけ》〟というのは、召集《しょうしゅう》されて南方戦線へおもむいていた、じいさんの実兄《じっけい》のことだった。

戦況《せんきょう》がはげしくなると、兄からの手紙はとだえた。

終戦をむかえたあとも兄の生死は判明せず、家の者たちが心配していた矢先のことだった。

『よいか……明日より十日間、東の窓《まど》に向かって……欠かさず百合《ゆり》の花をかかげ、南の方角に向かって紋《もん》を記したちょうちんをたむけよ……』

「ゆ、百合《ゆり》？　そんなものここには咲《さ》いてないぞ！　それにちょうちんって……。第一おまえはいったいなにも……」

そういいながら、じいさんはしょうじに手をかけた。

シュルリと音がして戸が開いたとたん、なにかが庭先へ飛びおりるのが見えた。

『明けの日が射《さ》すまで……火を絶やしてはならぬ……よいな……しかと心得よ……』

〝それ〟はそういいながら、闇《やみ》にひそんでいた供《とも》の者と思われる数匹《すうひき》を連れて、かき根を飛びこしていった。

あっけに取られるじいさんの耳に、遠ざかって行く声がとどいた。

『おまえのぼろは、へっついの横手に返したぞ……』

我《われ》に返ったじいさんが、ぞうりをつっかけて庭から台所へ回ってみると、かまどのわきにある手洗《てあら》いおけの横になにかが置かれている。

拾い上げてみるとそれは、海に落としたはずの自分のちゃんちゃんこだった。

「翌朝《よくあさ》は大変なさわぎになった。縁側《えんがわ》の床板《ゆかいた》一面に、まるで水かきが付いたような足あとがたくさん残っていてな。ふこうにもこすろうにも、それは消すことができんかった。

親類一同が集まり、これは龍神様《りゅうじんさま》のご神意にちがいないということになり、すぐに庭に大きなほこらを立てておまつりしたんじゃが……。

不思議なことに、それ以降《いこう》も『それ』が訪《たず》ねてくるのは、わしんとこばかりでな……」

「その後、お兄さんはどうなったんです？」

わたしは思わず身を乗り出してきいていた。

「そのすぐあとのことじゃった……国から兄の殉死《じゅんし》を知らせる書状が届《とど》いたのは……。

しかし親類一同、あの言葉を信じて葬式《そうしき》を出さずにおった。

それをとやかくいう者も多くおったが、『龍神《りゅうじん》さんのお告げがあったんじゃ！』というて、だれひとり悲しむ者なぞ、おらなんだわ。そういう時代じゃったんじゃなぁ……」

「それじゃあ、毎日、百合《ゆり》の花とちょうちんを？」

じいさんが続ける。

「それよぉ。そんな花など見た覚えもなかったんで難儀《なんぎ》しているとな、貝採りのばあ様が『岩むこうの天神さんの横手に咲《さ》いとるのを見たことがある』というんじゃ。

急いで行ってみると、それはそれはつややかな大きな花が、山のように咲《さ》き乱《みだ》れておってな」

天神様に手を合わせ、それから毎日その花をいただいては窓辺《まどべ》に置いたという。

「ちょうちんは、どうしたんです？」

「蔵《くら》をのぞくと祭り用のものがたんとあったんで、それを表門の両側につるしてな……。家のもんが代わる代わる火の番をしたんじゃが、みんな『おまえのせいで、こんなやっかいをおおせ付かった』いうて、散々じゃった」

それからひと月ほどがたったという。

「とつぜん、兄がもどったんじゃ。それはもう、村中ひっくり返るような大さわぎでの」

その後、もどったお兄さんが語ったことがまた、〝不思議〟を増長させた。

南方の小島にわたった宗助《そうすけ》は、ある日、自分の隊が壊滅《かいめつ》状態にあることを知る。

岩はだにほった〝本部〟に命からがら帰った宗助《そうすけ》は、おくの神だなに上がっていた白木の箱をザックに放《ほう》りこみ、再びあなぐらから出た。

「万一生き延《の》びた者があったとき、この箱を開けよ」

日ごろ、そう上官からいわれていたことを、宗助《そうすけ》は忘《わす》れていなかった。

周囲を見わたし、巨木《きょぼく》のかげに身をひそめる。あら方の安全を確認《かくにん》すると、おそるおそる木箱の封《ふう》を切った。

箱の中には一枚《いちまい》の和紙がかけられており、紙には立派《りっぱ》な文字で〝最期《さいご》の一振〟とある。

その紙をどかして見ると、そこには拳銃《けんじゅう》と思われるものと、一発の銃弾《じゅうだん》が収《おさ》まっていた。

「いいか貴様《きさま》ら！　鬼畜《きちく》に捕《とら》えられ恥辱《ちじょく》をさらすより、死して桜花《おうか》と咲《さ》きほこれ！」

今は亡《な》き上官の言葉が頭をよぎる。

まんじりともせず、宗助《そうすけ》はひとり、死に場所を探《さが》してジャングルをさまよっていた。

なん日も食料は得ておらず、わずかに集めた雨水と、自ら作った焼き塩のみが命をつないでいる。

大きな木に寄りかかってすわり、日本に残っている家族をしのんで泣いた。

流れる涙《なみだ》をふきながら（ああ、塩と水はあるから涙《なみだ》は出るのだな……）などと、どうでもいいことを思った。

腰《こし》にたずさえた拳銃《けんじゅう》に手をかけ、心の中で家族ひとりひとりの名前を呼《よ》んでみる。

幼《おさな》かったころ、家のまえの海でトコブシを山ほど採った。それをたきこんだ飯のうまかったこと……。母の誕生日《たんじょうび》に山へ桑《くわ》の実を採りに行ったこと……。親友の失恋《しつれん》を知り朝までともに泣いたこと……。

それらの思い出が、矢継《やつ》ぎ早に頭にうかんでは消えていった。

寄せては引いていく、まるで波にも似た感情をすべておし殺し、やがて、宗助《そうすけ》はただだまって草かげで鳴く虫たちの声を聞いていた。

「よしとしよう……」

もう涙《なみだ》は出ない。いつしか手のふるえも治まっていた。

スライドを引いて銃口《じゅうこう》をこめかみにおし当て、宗助《そうすけ》がまさに引き金を引こうとしたときだった。

新月の闇《やみ》にうもれた木々の間で、なにかが動くのがわかった。

……灯《あか》り。

しかもあれは……。

(ちょうちんではないのか!? まさか米兵がちょうちんを持っているはずはない! あれは! あれは味方の援軍《えんぐん》にちがいない!)

宗助《そうすけ》が灯《あか》りにおそるおそる近付くと、灯《あか》りはすうっとにげる。

また近付くとすいすいと遠ざかる。

それはまるで〝自分に続け〟といわんばかりで、いつしか宗助《そうすけ》は灯《あか》りに連れられてジャングルの中をひたすら歩き回っていた。

それにも増して不思議だったのは、そこはかとなくただよう百合《ゆり》の香《かお》り。

それはまるで、眼前でゆれ動くちょうちんの灯《あか》りが発しているかのようだったという。

「ひょいと周りを見回すと、いつしかジャングルからぬけ出ていてな……。親切な現地の人たちに助けられ、そして日本の敗戦を知ったんだ」

しかもである。

宗助《そうすけ》を先導したそのちょうちんには、自分の家の家紋《かもん》である〝橘《たちばな》〟がかかれてあったというのだ。

たどり着いた村落の中を見回しても、どこにも日本人の姿《すがた》はなく、ちょうちんのことを聞いてもだれひとりとして覚えはなかった。

「日本へ発《た》つまえの晩《ばん》だった。シュロの皮でできた寝床《ねどこ》にいると、ふと横に立つ者がある。首を起こしてみると……」

なんとそこには河童《かっぱ》が立っていたという。

「赤子のような声をしてキュウキュウと鳴き、真っ黒な目を細めて、にんまりと笑って消えていった……」

いまから十数年まえ、わたしがボランティアで訪《おとず》れた、ある老人施設《しせつ》でじいさんから聞かされた話だ。

ふすま

わたしがまだ幼《おさな》いころ、夏休みにはよく、北鎌倉《きたかまくら》に住む親戚《しんせき》の家に泊《と》まりに行った。

そこは大きな旧家で、縁側《えんがわ》にとても気持ちのいい日が射《さ》しこむ。わたしのお気に入りの家だった。

その家にはわたしと同じ年の女の子がいた。

まるで男の子のように血気盛《けっきさか》んな子で、彼女《かのじょ》といっしょなら、滞在《たいざい》中、わたしがひまを持てあますことはなかった。


そんなある日のこと。

「この近くにね、遊びに行くといつもお菓子《かし》をたっくさんくれる、やさしいおばちゃんがいるんだよ」

そう彼女《かのじょ》が教えてくれたので、一も二もなく、そのお宅《たく》へいっしょに行くことになった。

着いてみると、庭に大きな栗《くり》の木がある、これもまたりっぱな旧家である。

「ここにね、そのおばちゃんひとりで住んでてね。遊びに行くと、いつも山ほどお菓子《かし》くれるんだぁ」

緑青《ろくしょう》のうく古ぼけた門をくぐり、きれいに整備された前庭を通って玄関《げんかん》へとたどり着く。

「おばちゃ～ん、きたよ～！」

ガラガラと大きな音を立てて引き戸を開けると、親戚《しんせき》の女の子は大きな声でよびかけた。

「よくきたねぇ。いつものおくの間にお入りぃ」

まるで、山びこでも返ってきそうな静けさをたたえたおくの間から、明るい年配女性の声が聞こえた。

わたしたちはその場でそそくさとくつをぬぎ、おくの間にむかって歩を進めた。

〝勝手知ったる他人の家〟というように、親戚《しんせき》の子は慣れたようすで角を曲がっていく。わたしは付いて行くのがやっとだった。

実はわたしは、小さいころから暗い場所が大の苦手。ところがその家は、まさに〝暗い場所の集大成〟だった。

真っ昼間だというのに、とにかく足元が見えないくらい、わたしに闇《やみ》が付きまとう。

やっとの思いでおくの間にたどり着いたわたしは、〝おばちゃん〟の登場を待ちこがれた。


その部屋は三面をふすまに囲まれた、だだっ広い和室だった。

「ちょっとお菓子《かし》取りにきてー」

おくからの声に、わたしひとりをその部屋に残して、親戚《しんせき》の子は、家のさらにおくへと消えていった。

うす暗く無意味に広い部屋に置かれたわたしは、しばらくの間、ただ周囲を見回していた。

そしてふとあることに気付いた。

さっきまでぴったりととじていたはずの、ある一方のふすまが、ゆっくりと、しかし確実に開いてきている。

ズ……ズズッ……ズズゥッ

ものの10センチも開いたころだろうか。

そこから、すっ……と白い手が出てきたかと思うと、ふすまを一気に引き開けた。

浴衣《ゆかた》を着た三十歳《さい》くらいの線の細い女性が、物ごしもやわらかく、まるで自らの存在《そんざい》を消しているかのように、音もなく入ってきた。

びっくりするわたしをしり目に、女性はわたしの横を通り過ぎ、さっきわたしたちが入ってきたふすまから廊下《ろうか》へと消えていった。

（あれっ……たしか、おばちゃん、ひとりで住んでるっていってたよな……）

そう思った矢先、おばちゃんと親戚《しんせき》の子が部屋に入ってきた。

「はいはい、お待たせね。よくきたねぇ」

山盛《やまも》りのお菓子《かし》を手にして、満面の笑《え》みをうかべた親戚《しんせき》の子の顔を見て、わたしの今までの不安は一気に消え去っていった。

「あらあらあら、おざぶとんも出さずにねぇ」

そういっておばちゃんは立ち上がると、さっき女性が入ってきたふすまの方へむかう。

するりと開いたそこは……。

おし入れだった。

あの日

「中村……なぁかぁむぅらぁ、てっ」

いきなりそう呼《よ》ばれて、たたきおこされた。

まくらもとに置いたデジタル時計を見ると、明け方の五時五十分。

「なんだかなぁ。中途半端《ちゅうとはんぱ》な時間だなぁおい……」

再びすぐに寝付《ねつ》けそうだったのにまた……。

「おい、中村てっ!!」

聞きおぼえのある関西なまりだった。

(なんだよさっきから……いったいだれなんだぁ……)

心の中でそうとなえた瞬間《しゅんかん》、そのまま強烈《きょうれつ》な金しばりにおちいった。

「あっ！　な、なんだここ!?」

「おう、熱いやろ。こっちやこっち」

そういわれてふりかえると、そこには兵庫県に住んでいるはずの友人・楠本《くすもと》が立っている。

周囲は火の海で、パチパチ、カチカチという、なにかがはげしく燃えさかる音が聞こえた。

「えっ？　おまえ……あれ？」

「まぁまぁ、落ち着けて。あんな、えらい揺《ゆ》れやってんで！　なんや知らんが、わしも気ぃついたらこないなことになってってん。

瞬間的《しゅんかんてき》に頭ん中でおまえのこと考えたらな、目のまえにおまえがいてるやんか……」

とたんにおそろしくなったわたしは、取る物も取りあえず、その場からにげだそうと右往左往した。

するとと楠本《くすもと》が背後《はいご》からこうさけんだ。

「中村!!　……さよならや！」

「えっ!?　なにがさよならだよ？　おまえだってこんなところにいちゃあぶな……」

「ええから……ええんや。もう行け！」

「なにがもう行けだよ！　早くしないとあぶな……うわああ！」

突然《とつぜん》頭上から、燃えさかる天井《てんじょう》がくずれおち……と、ここでわたしは目が覚めた。

真冬であったにもかかわらず全身汗《あせ》びっしょりで、とてもじゃないが、そのまま寝《ね》ていられる状態ではなかった。

ふらつく足取りでベッドをぬけだし、水を飲もうと階下のキッチンへむかう。

冷たい水をコップに注《つ》ぎ、一気に飲みほすが、不思議なことになん杯《ばい》飲んでも、満たされた感覚がない。

いくら飲んでも全身のほてりとのどのかわきが治まらず、立て続けにがぶりがぶりと、ものの四、五杯《はい》も飲んだだろうか。

ふと目のまえに置かれている鏡に目が留まった。

「な、なんだこれ!!　……なんで!?」

そこに映《うつ》るわたしの顔は真っ赤に焼けただれ、鼻からは大量に出血している。

「ぐわあああああああっ!!」

そうさけぶと同時に、鼻から血がふきだすのがわかった。

「うっ！　おえっ！　うぐうううううっ！」

その声におどろいて妻が飛んできた。

「どうしたの！　ねえ、なにがあったの!!」

「お、おれの、かっ、顔が!!」

「なに？　顔がどうしたのっ！」

「なんでこんなっ、ちょ、ちょっとティッシュ取ってくれ！」

「しっかりして！　顔なんてなんともなってないわよっ!!」

妻の声に我《われ》に返り、落ち着いて再び鏡をのぞいてみる。

そこにはふだん通りのむさくるしい顔があるだけだった。

「とにかく落ち着いて！　いま気付けにお酒を作ってあげるから」

妻にいわれ、ソファーに腰《こし》を下ろす。

なに気なくテレビのリモコンを手に取った。

〝プツン〟と音がして、画像より先に音声が聞こえてくる。

その声、嗚咽《おえつ》にも似たその声は、こうさけんでいた。

「神戸《こうべ》が！　今、神戸《こうべ》が燃えています！」

1995年（平成7年）1月17日午前5時46分52秒、淡路島《あわじしま》北部を震源《しんげん》として発生したマグニチュード7・3の兵庫県南部地震《じしん》は、淡路島《あわじしま》ならびに阪神間《はんしんかん》の兵庫県を中心に大きな被害《ひがい》をもたらした。

特に楠本《くすもと》が住んでいた神戸《こうべ》市街地は、超絶的《ちょうぜつてき》な自然の威力《いりょく》のまえになすすべもなく、壊滅《かいめつ》状態におちいった。

もう二十年以上まえのあの日。

あのとき鏡に映《うつ》った血まみれの顔……。

あれは最期《さいご》を迎《むか》えた、楠本《くすもと》自身の姿《すがた》だったのかもしれない。

たみさん

わたしが小学校二年生のころの話だ。

当時のわたしは、東京都渋谷区《しぶやく》にあるS町というところに住んでいた。

今では随分《ずいぶん》と近代的な町なみになり、こじゃれた店が立ちならぶ町へと変身してしまった。

しかしそのころのS町といえば、機織《はたお》り工場があったり、お琴《こと》や三味線《しゃみせん》のお師匠《ししょう》さんなんかが多く住んでいたりして、独特な風情《ふぜい》のある静かな町だった。


そのころ近所にあった古く小さな家に、五十歳《さい》くらいのおばちゃんがひとりで住んでいた。名を〝たみさん〟といった。

時折子どもたちが遊んでいるところへやってきては、蒸《ふ》かした芋《いも》やジュースなんかをくれたりする、世話好きで気立てのいい、肝《きも》っ玉母さん的存在《そんざい》だった。

近所付き合いもきわめてよく、だれにでも人当たりのいい、やさしい人だったように記憶《きおく》している。

そんなある日のこと。

「まあちゃん、まあちゃん……」

遊びから帰る途中《とちゅう》、わたしがたみさんの家のまえを通ると、台所の窓《まど》に張られた格子《こうし》ごしに呼《よ》びとめられた。

今までそんなことはなかっただけに、少しばかりおどろいて問いかけた。

「どうしたの、たみさん？　そんなところから」

するとたみさんは少しさびしそうに笑いながら、こう答えた。

「ごめんねぇ、まあちゃん。おばちゃんねぇ、外に出られないの」

「どうして？」

「ちょっと事情があってね……遠くに行かなくちゃならなくなってね」

「えっ？　たみさん、引っこしちゃうの？」

「うん。みんなとも会えなくなっちゃうねぇ。さびしいなぁ……」

それを聞いたわたしは、泣きながら一目散に家へと走った。

玄関《げんかん》をかけ上がるなり母にそのことを話すと、母は本当かどうか確かめるために、たみさんの家へと出むいて行った。

二十分ほどしてもどってきた母に、すぐにわたしは聞いてみた。

「なんだか釈然《しゃくぜん》としないわね」

母は少し怒《おこ》ったようにいった。

「たみさん、なんだって？」

「台所の窓《まど》ごしにひとこと、『突然《とつぜん》だったのよ……』でおわり。そのあとは呼《よ》んでも出てこようとしないのよね。……なにがあったんだろうねぇ」

次の日。

気になったわたしは、学校へ行くまえにたみさんを訪《たず》ねてみた。

「たみさ～ん」

玄関《げんかん》の引き戸のまえで呼《よ》んでみるが、一向にたみさんが出てくる気配はない。

そしてわたしは気付いてしまった。

「なんだろ、このにおい？」

どこからか……ではない。

その家全体からとめどもなくわき上がる〝尋常《じんじょう》ではない〟異臭《いしゅう》に気付いたのだ。

とたんにいい知れぬ恐怖《きょうふ》にかられたわたしは、家へ取って返した。

母に事情を話すと、再びわたしを連れてその家へむかった。

玄関《げんかん》の戸をたたきながら、母が必死にたみさんを呼《よ》ぶ。

「たみさん！　たみさん!!　……あれ？　開いてるじゃないの」

玄関《げんかん》の引き戸をカラカラと開ける。

「ほんとだ……」

その瞬間《しゅんかん》、まるでなにかの〝かたまり〟にでもぶつかったような衝撃《しょうげき》がはしった。これはついさっきかいだ、あの強烈《きょうれつ》なにおいのかたまりだ。

「ウェッ!!」

それをかいだとたん、わたしは一気に朝食べたものを、その場にもどしてしまった。

「あなたはそこにいなさい！」

なにがなにやらわけもわからず、嗚咽《おえつ》するわたしは、その場にしゃがみこんでいるしかなかった。

ところが、わたしにこの場で待つようにうながし、たみさんの家へと上がっていった母は、ほんの数秒もたたぬ内に口をおさえて飛び出してきた。

「早くきなさいっ！」

母はわたしの腕《うで》をつかむと、裸足《はだし》のまま自分の家へと一目散に走り出す。

「いたいっ！　お母さん、手がいたいよぉっ！」

そう告げるわたしには目もくれず、母はわたしの手首をつかんだまま家へむかって全速力で走った。家に着くなり、玄関《げんかん》近くに置かれている電話を引っつかみ、どこかの番号を回している。

「もしもしっ！　人がっ、人が死んでいますっ！」

「ええっ!?　人ってだれ？　ねぇお母さんっ！　だっ、だれが死んでるの!?」

電話を切った母は、糸が切れたあやつり人形のように床《ゆか》にくずれ落ち、そのまま大声で泣き出した。そして母は涙《なみだ》をぬぐいながらわたしにこういった。

「あのね、いい？　あの家の中でたみさんが……死んでるの。かわいそうに、ひとりぼっちで……」

「うそだっ！　そんなのうそだっ！　たみさんには昨日会ったんだ！　そんなわけないじゃんっ！」

「うそじゃないの！　うそじゃ……ううう」

わたしはどうすることもできず、泣きじゃくる母を、ただじっと凝視《ぎょうし》していたように思う。

その夜おそく聞いた、父と母のひそひそ話をわたしは今でも忘《わす》れない。

「たみさん……死後一週間以上たっていたそうだ」

作業着の男

わたしが以前住んでいた埼玉県《さいたまけん》S市でのこと。

それまで住んでいた部屋が手ぜまになったわたしは、近所の不動産屋へおもむき、なんげんかの空き物件を見て回っていた。

その日、最後に見に行ったのは、一階にコンビニエンスストアが入った九階建てマンションだった。

駅に近いこともあり、わたしは、ほぼ即決《そっけつ》でその部屋への入居を決めた。

引っこしも無事に終わり、毎日入れかわりで友人たちが〝お祝い〟にかけつける。

そんなある日のことだった。

その日は朝からじとじとと雨が降《ふ》り続き、なんとも陰鬱《いんうつ》な日だったように記憶《きおく》している。

夕方から訪《おとず》れた友人数人との話に花が咲《さ》き、気が付くととうに午前二時を過ぎてしまっている。

それぞれ翌日《よくじつ》の仕事が早いこともあり、時計を見た連中はそそくさと帰り支度《じたく》を始めた。

わたしもいっしょに一階まで下りていき、それぞれが乗った車のテールランプを見送った。

マンションのまえはゆるやかな下り坂になっており、みんなの車はその坂を少し下ったあたりにある有料駐車場《ちゅうしゃじょう》に停《と》めてあった。

小雨《こさめ》がそぼ降《ふ》る中、わたしは肩《かた》をすぼめて部屋へもどろうと歩きだす。

そしてあることに気付き、同時に引っこしの日に、初めてそれに気付いたときのことを思い出していた。

それは、マンションの目のまえに立つ電柱の根元に置かれた、まだ新しい花束とお供《そな》え物であった。

目のまえの通りは駅からの一方通行になっており、交互《こうご》通行可能な道路に比べると、通行量はかなり少なかった。しかも道幅《みちはば》もせまいため、そこを通る車も決して飛ばさない。

（なのに、なぜこんなところに花束が……）

そんな疑問《ぎもん》を感じながら、その電柱の横を通過しようとしたときだった。

(いまなにかが動いたように感じたのだが……気のせいだろうか……?)

そう思って立ち止まり、じっと電柱を凝視《ぎょうし》してみるが、別段《べつだん》変わったようすは見受けられない。

(気のせいか……)

そう思って行き過ぎようとしたときだった。

電柱のむこう側に、すいっと人影《ひとかげ》と思われるものがかくれたのだ。

(気のせい……? いや、確かにいま、なに者かがむこう側にかくれたはずだ!)

わたしは、意を決して電柱に近づき、その問題の〝むこう側〟をのぞきこむが、なんとそこには10センチほどのすきましかなく、とてもではないが、人がかくれられるような場所ではない。

わたしは、なんともいたたまれない気分になり、早足でエレベーターのあるエントランスを目指した。

そのマンションの入り口は、エントランスと呼《よ》ぶには気がひけるような、わずか二坪《つぼ》、6・

6平方メートルほどのスペースに、各部屋の郵便《ゆうびん》ポストが設置されているだけのものだった。

幸いエレベーターは先ほど降《お》りてきたまま、一階に留《とど》まっている。

わたしは、すぐにボタンをおしてエレベーターに乗りこんだ。

自分が住んでいる階のボタンをおそうと、体のむきを変えたそのときだった。

閉《し》まりゆくドアに付いた縦長《たてなが》の窓《まど》から、たったいま自分が通過したばかりのエントフンスが見える。そのむこう側にあるガラスドア……。

そこにべったりと張り付くように、グレーの作業着を着た男が立って、こちらをのぞきこんでいるのだ。

「うわあっ!!」

そういってわたしはあとずさったが、すでにエレベーターは動き出し、どんどん階数をかけ上がっていった。

自分の住む階に到着《とうちゃく》し、エレベーターのドアが開く瞬間《しゅんかん》!

なんといっても、このときこそ、いちばん恐怖《きょうふ》を感じた。

しかし残念ながらというか、幸いにというか、ここではなにごともなく、無事に自分の部屋までたどり着くことができた。


それから数か月がたったある日のこと。

そのマンションのオーナーの息子《むすこ》であるKが遊びにやってきた。

「中村さん、なにか怖《こわ》い話してくださいよ！」

いろいろな話をするうちに、彼《かれ》がこんなことを言い出した。

「えっ？　怖《こわ》い話？」

「ええ、ぼく、わりとその手の話、好きなんですよね」

そういわれたら、わたしの性格上、語らないわけにはいかない。

今まで経験したいろんな体験をはじめ、友人から聞いたものなどを、やつぎ早に語って聞かせた。Kの顔色を見るかぎりまだまだいけそうだ。

そこでわたしはこう切り出してみた。

「あのさK君、遠い場所で起こったことより、すぐ身近で起こったことって、よりいっそう怖《こわ》いものだよね？」

「ええっ！　この近くにもなにかあるんですか!?」

Kが目を丸くしていう。

「ないことはないけど、どうかなぁ……。これは話していいものだろうか……」

わたしは、もったいぶらせれば天下一品である。

「な、なんですか!?　気になるじゃないですか！　教えてくださいよぉ！」

そこでわたしは、例のエレベーターでの体験を聞かせることにした。この時点では、ほんの軽い気持ちだった。

わたしは実体験を語るときには、決しておかしな脚色《きゃくしょく》はしない。これは一種の信念としていままでも貫《つらぬ》き通している。このときもわたしが見たありのままをKに語って聞かせていた。

ところが、それまでどんな話をしても、そこそこ余裕《よゆう》を持って聞いているように見えたKの顔が、見る見る青ざめていく。

それどころか、半開きになったくちびるがぶるぶるとふるえだし、見開かれた目には、うっすらと涙《なみだ》さえうかべている。

そしてそれまでだまっていたKが、ようやく口を開いた。

「中村さん、それシャレになんないっすよ！　いっちゃ悪いですけど、中村さんって、なんだかいやな人ですね！」

「いや、ちょっ、ちょっと待ってくれよ！　なんだその〝いやな人〟ってのは……」

さきほどまでのフレンドリーなKの雰囲気《ふんいき》がまったくなくなっている。

「だってそうじゃないですか！　人の死をそんな形で創作《そうさく》するなんて！」

「おいおい、冗談《じょうだん》じゃないぞ！　おれはそんなくさってない。創作《そうさく》なんてしてないよ」

わたしの言葉にKがはっとする。

「えっ、だって……」

「だいたい、なんだその〝人の死〟っていうのは？　そんな話、だれもしてないだろ？」

「ちょっと待ってくださいよ！　もしかして、本当になんにも知らないんですか!?」

わたしにはKがなんの話をしているのか、さっぱりわからなかった。

「もし、もしですよ。もし、いま中村さんが話してくれた内容が実話だとすると、シャレや冗《じょう》談《だん》ではすまないですよ」

「……どういう意味だい？」

「ぼくはもうだれかから聞いて、てっきり知ってるものだと思ってました。まえの電柱のこと……」

〝電柱〟という言葉が出てきて、わたしはいやな予感がした。

「電柱って、このマンションのまえに立ってる、あの電柱のことか？　花束が供《そな》えられてる……」

「そうです。あの電柱でなにがあったか……本当に中村さん知らないんですね……」

そういってKはあの電柱のことを話し始めた。

人から聞いた話の場合、その人が話した内容をかいつまんで書くのだが、この話はわたしが覚えているかぎり、Kの言葉を使って表現してみることにする。

「中村さんが引っこしてくる、ほんの少しまえのことです。あの事件があったのは。

そのとき、ぼくは、たまたま一階にあるコンビニで買い物をしてたんです。するとそこに市が委託《いたく》している不燃物回収用《かいしゅうよう》のトラックがきたんですよ」

「ああ、あのよく街角で見る、荷台の周りを高い鉄板なんかで囲ってある……？」

「そうです。本来はいけないのかもしれませんが、このへんでは、あの荷台に作業員がひとり乗っていて、ゴミステーションから出るものを、すぐに積みこめる態勢にしてるんです。その日もいつもと変わらない作業が行われるはずでした。

ぼくはそのとき、店のおばちゃんとたわいない世間話をしおえて、店を出るところでした。ガーッとドアが開いて一歩外にふみ出した瞬間《しゅんかん》……見ちゃったんですよ」

「な、なにを見たんだ？」

わたしは息をのんだ。

「中村さん、電柱には足をかけるための、太いボルト状のステップが付いてるの……わかりますか？」

「あ、ああ、もちろん知ってるが……」

「そこにね、そこにこめかみを貫通《かんつう》させてぶら下がってたんです。『うえぇぇぇぇぇ』っていいながら……」

トラックが行き過ぎちゃったんで、バックでもどってきたらしいんですが、荷台に乗ってた彼《かれ》が〝オーライ！　オーライ！〟と後方確認《かくにん》をしていたらしいんです。

ところが、自分自身の頭に近づいてきているボルトは見えなかったんでしょうね……。

荷台の鉄板とボルトとの間に挟《はさ》まれ……。

最後にKはこうしめくくった。

「そのときの彼《かれ》の作業着……グレーでしたよ」

風《ふ》呂《ろ》にいるもの

先日、友人の迫田《さこた》からこんなメールがきた。

「北関東のI温泉《おんせん》で気味悪い体験をした」

なにごとかと思って本人に電話しようとするそばから、逆に迫田《さこた》からかかってきて、えらくおどろいた。

迫田《さこた》は大手旅行代理店に勤《つと》め、旅に関するさまざまなことを管理、監督《かんとく》するスーパーバイザーだ。仕事でいろんなところを訪《おとず》れるし、また現地で得たたくさんのいい情報も、悪い情報も持っている。

I町のある旅館の温泉《おんせん》がすばらしいと聞いた迫田《さこた》は、さっそく現地へおもむいた。旅館に〝取材感〟をさとられないように、迫田《さこた》は仕事で行くときも、つねに一般客《いっぱんきゃく》をよそおって利用する。

その旅館にも一週間まえに自分で電話して予約を入れた。

当日は、伝えている時間よりも二時間ほど早めに宿に着くようにする。

玄関先《げんかんさき》で出むかえてくれた仲居は、実につつましやかに応対し、快く部屋へ通してくれた。そうした想定外な場面での対応力も、迫田《さこた》の評価基準に含《ふく》まれているらしい。

しばらくすると、その宿の女将《おかみ》が迫田《さこた》の部屋にあいさつにやってきた。くったくのない笑《え》みに、ていねいな言葉づかいと身のこなし……。彼《かれ》の中の評価は、この時点でまったくなんの問題もなかった。

部屋に置かれた茶菓子《ちゃがし》やお茶、そうじの具合、窓《まど》から望む景観などを、専用《せんよう》のフォーマット用紙に細かくチェックしていく。

このチェックする姿《すがた》を、旅館の人に見られないようにしなければならないのが、なかなか大変らしい。

部屋のチェックが終わったあとは、旅館の中をひと通り見て歩く。

非常口の位置、スプリンクラーや非常ベルなどの設置状況《じょうきょう》を確認《かくにん》する。

夕食の時間となり、出された定番の夕食を平らげると、次に待っているのが温泉宿《おんせんやど》の最重要項目《こうもく》、風呂《ふろ》の視察《しさつ》だった。

〝混《こ》んでいる時間〟〝ある程度人が引いた時間〟〝深夜、人がいない時間〟の、三つの時間帯を確認《かくにん》する。

「素晴《すば》らしい浴場だった。温泉《おんせん》の質もいいし、中もすべて几帳面《きちょうめん》に整備されていて申し分なかった」

と迫田《さこた》はいった。

「だが……」

出た。

迫田《さこた》の〝だが〟はおなじみだった。

「おれには、特別な霊感《れいかん》みたいなものは備わっていないんだが、なんていうのかな……その旅館に着いた直後からずうっと感じる、一種の『視線《しせん》』とでもいおうか……」

わたしにいわせれば、それは限りなく〝霊《れい》〟を感じているのだが……。迫田《さこた》が続ける。

「それが、深夜に風呂《ふろ》へ行くと顕著《けんちょ》になってな。だれもいないことを確認《かくにん》したし、そのあともだれかが入ってきたようなようすはなかったんだが……」

迫田《さこた》が湯船につかっていると、いきなり、湯面が波立ってきたという。

「それもふつうじゃないんだ。じっとすわっていられないほどの勢いで、一瞬《いっしゅん》、でかい地震《じしん》がきたのかと思ったよ。

あわててその場で立ち上がると、今度はすぐ背後《はいご》に、人の気配を感じた」

びっくりした迫田《さこた》は即座《そくざ》にふり返ってみるが、そこに人影《ひとかげ》を確認《かくにん》することはできなかった。

「それでも仕事はしないといけないからな。湯水の出具合なんかを確認《かくにん》しようと、湯船から出て、いすをたぐりよせてすわったんだ。

そうしたら今度は、洗《あら》い場のいちばんおくに積み上げてあった木のおけが、すべてすごい勢いでくずれたんだ」

「……びっくりしたろ？」

わたしは思わず聞いた。もし自分が同じ場面に出くわしたら、おそらく飛び上がっておどろいただろう。

「あったりまえだろ！　心臓《しんぞう》が止まるかと思ったぞ」

「それで……それだけか？」

「それなら、いちいちおまえに話したりしないだろう」

迫田《さこた》はくずれ落ち、カラコロと転がるおけをしばらくぼうぜんとながめていたが、急にどこからともなく、冷たい風がふきつけ、いても立ってもいられなくなった。

いったん手にしたタオルをおけの中に投げ捨《す》てると、急いで湯船に飛びこんだという。

「確かに暖《あたた》かい日ではなかったが、いくらなんでも、あれはひどかった。外をそよぐ風なんていう、生やさしいものじゃない。冷風だよ冷風！」

ざぶりと湯に飛びこみはしたものの、ついさきほど感じた異様《いよう》な気配が消えたわけではなかった。

（……さっきの波やくずれたおけ、それにいまの冷たい風も、いったいなんなんだ？）

そう思いながら周囲を見わたすと、迫田《さこた》は岩で囲われた湯船のいちばんおくのあたりに、おかしな光景を発見する。

「わかりやすくいうと、湯気がそこだけ『濃《こ》い』んだ。いってる意味わかるか？」

わたしには十分過ぎるほど理解できた。

「その『濃《こ》い湯気』の中に、なにかゆらゆらとうごめくものがあるんだ。おれは身じろぎもせずに、それをじっと凝視《ぎょうし》した。

するとな……そいつがゆらゆらとゆらぎながら、すいすいっとこっちへ近付いてくるんだ。ごくりと生唾《なまつば》を飲んで固まっていると、それは急に速度を上げて、すいーっとおれのすぐ近くまでよってきて、こういったんだ。

いい～お湯が出るねぇ～

立ちのぼる湯気と混じり合うように現れたのは、真っ白い髪《かみ》をざんばらにふり乱《みだ》した婆《ばあ》さんだった。

『うわっ！』とおれがさけぶと同時に、その姿《すがた》はかき消えた……」
その旅館が、宿泊先《しゅくはくさき》リストにのることはなかったという。

タクシー

めずらしく長い距離《きょり》をタクシーで移動した。

道中ひまを持てあましだしたので、わたしは運転手に声をかけてみた。

六十歳《さい》手前くらいの運転手は、帽子《ぼうし》を目深《まぶか》にかぶり白い手袋《てぶくろ》をつけた、きわめてまじめそうな男だった。

「運転手さんは、この仕事長いんですか？」

「えっ、ええ、まあ。この辺にくるのは数年ぶりなんですがね」

その短い会話のなかに聞き覚えのある、ひとつのイントネーションが感じとれた。

「もしかして運転手さん、北海道の人じゃない？」

「え!?　わ、わかりますか？」

「北海道のどこです？」

「わたしゃあ、岩見沢《いわみざわ》でしてね」

「ええっ！　ぼくも岩見沢《いわみざわ》ですよ！」

そこからはもう故郷《ふるさと》トークに花が咲《さ》き、見ず知らずの者同士が、まるで旧知の友人にでも再会したかのようなもりあがりようになった。

あの界隈《かいわい》にあったお店がどうだ、駅周辺の変わりようがああだと、ものの三十分ほど地元の話は続いた。

ちょっとした会話の途切《とぎ》れ目に、ほんの軽いノリで、わたしはこんなことを切り出してみた。

「やっぱりあれですか。こういう仕事を長くやられてると、怖《こわ》い目にもあいますか？」

「なんの話です？」

「こういう仕事にはやっぱり怖《こわ》いことがつきもの……」

「ありますよ」

故郷《こきょう》の話のときとは別人のように、運転手はぶっきらぼうに言い放った。

「幽霊《ゆうれい》……とかそういうことね」

正直にいうと、わたしはそんな話をふるつもりはなかったのだが、つい口をついて出てしまったのだ。とはいうものの、どこかに期待を持っていたことは事実だった。

「ある晩《ばん》おそく、すすきののはずれにあるホテルのまえから、大きな旅行用カバンを抱《かか》えた中年の女性をひとり乗せたんですが……」

彼《かれ》が話す内容は、おおよそこんなところだった。

東京へ出てくるまで、彼《かれ》は札幌《さっぽろ》でタクシー運転手をしていた。すすきのというのは札幌《さっぽろ》のいちばんの繁華街《はんかがい》である。

うしろのトランクスペースにカバンを入れ、車内に乗りこんできたその女性は、最終便に間に合うよう新千歳《しんちとせ》空港へむかってほしい……と指示したという。

車内の時計を見るとまだ若干《じゃっかん》の余裕《よゆう》があり、決して急いで行かなければならないこともない。ところがごくふつうの速度で運転していると、後部座席《ざせき》から「急いで！　急いでください！」と女性に急《せ》かされた。

「時間的にまだ最終便には間に合います」

そう伝えても、女性は急げ急げの一点張り。

「いくら急《せ》かされようが、スピード違反《いはん》をしてまで応《こた》えることはできませんよ」

と答えると、それ以降《いこう》、女性はふっつりとおとなしくなった。

「おとなしくなったには、なったんですがね……その、なんてえかなぁ。念仏をね……」

「ね、念仏!?」

意外な言葉がでてきて、わたしは思わず大きな声をあげてしまった。

せわしく急《せ》き立てるのが一段落《いちだんらく》したと思ったら、その女性はぶつぶつと念仏を唱えだしたというのだ。

「もう気味が悪くってね。なるべくルームミラーを、見ないようにと心がけていたんですが、30キロもある道程ですからね。まったく見ないっちゅうわけにもいきませんや。たまたま視線《しせん》をね、視線《しせん》をこう、うしろへやったんですよ……」

そういいながら運転手は、そのときのようすをミラーごしにやってみせ、わたしと目が合った。

なんとその女性、ぶつぶつと念仏を唱えながら、じーっと運転手を凝視《ぎょうし》していたというのだ。

「鏡ごしに目が合ったとたん、ぶるぶるっと身ぶるいがしましたよ」

車室内というのは、いわばひとつの閉鎖《へいさ》された空間である。そこで突然《とつぜん》念仏を唱えられては、正直いってたまらない。

国道をひた走り、運転手は車を空港正面に着け、停車させた。

トランクを開け、中から女性の荷物を取り出し、代金を受け取った。

運転席へもどり、明かりを灯《とも》して運行日誌《にっし》をつける。

つい今し方受け取った代金を、専用《せんよう》のカバンに入れようと札をそろえた。

「うおっ！　なんだこりゃ」

すべての札の表面に、赤黒いシミがびっしりとこびり付いている。

ふれると乾《かわ》いているようではあったが、妙《みょう》にてらてらとして、実にいやな風合いを持ったシミであったという。

（やれやれ、とんだ客だったな。さて、さっさと地元へ帰ってもうひとかせぎして……）

そんなことを思いながら、ひょいとミラーをのぞきこんでおどろいた。

いつの間に乗りこんだものか、後部座席《ざせき》にひとりの老女が座《すわ》っている。

「E市のぉ……中央病院までぇお願いしまぁす」

通常、タクシーというのは営業範囲《はんい》が決められており、E市では範囲をこえて走ることになる。

「お、おばあちゃん、申し訳《わけ》ないけど、わたしら札幌《さっぽろ》の車だから。ここからは乗せてあげられないの。悪いけど他の車に乗ってちょうだいね」

運転手がそういうと、少しの沈黙《ちんもく》のあと、老女は渋々《しぶしぶ》車から降《お》りていった。

胸《むね》ポケットからタバコを取り出し、それに火をつけながら、この一連のことを思いだしてみる。

「なんにしても日が悪いや。早いとこ街へもどんなきゃ……」

人通りのまばらになった国道をひた走る。

ふと、前方にある信号が赤になるのが見え、運転手はゆるやかにブレーキをふんで減速した。

周囲に歩行者の姿《すがた》はなく、まえにもうしろにも車はない。

しかしその信号はあきらかに手おし信号だった。

（だれもいないのになんで赤に変わっ……）

そう思った瞬間《しゅんかん》だった。

「あぁりぃがとぉぉございぃましたぁぁぁ」

突然《とつぜん》、うしろからの声。

おどろいた運転手は飛び上がって、背後《はいご》を見た。

そこには先ほど空港でいったんは断ったはずの、あの老女が乗っていたのだ。


「いやあ、ビックリしたのなんの！　思わずさけび声をあげたら、ぱっと消えちゃいましたよ」

「ぱっと……ですか？」

「そう、本当に瞬間的《しゅんかんてき》にぱっと！　冗談《じょうだん》じゃないっちゅうのさ、ほんとにねぇ」

運転手がなおもわたしに続けていった。

「その信号ってのが、ほれ、その婆《ばあ》さんが元々行きたかった病院の真んまえなのさ」


先に乗せた念仏を唱える中年女性。

病院まえで消えた老女。
その因果関係は、いまもって知るよしもない。

はじめての金しばり

いまから三十年近くもまえのことだが、わたしのまわりでは、ある一軒《けん》の廃屋《はいおく》にまつわる、実におそろしいうわさがまことしやかに流れていた。

ある日のこと。

「おれさぁ、そういうところに行ったことないんだよな。今度案内してくれよ」

遊びにきていた友人の柴山《しばやま》が、そんなことをいい出した。

「なんならこれから行ってみるか!」

若《わか》い者が集まれば、自然と流れはそうなっていく。

車二台に分乗し、郊外《こうがい》に立つ廃屋《はいおく》を目指して出発した。

いっしょについてきた女性陣《じょせいじん》は、〝幽霊屋敷《ゆうれいやしき》〟にふみ入ることをかたくなにこばみ、結局、わたしと柴山《しばやま》のふたりで入ることになった。

その家になんどか行ったことがあったわたしは、まるでガイドのように柴山《しばやま》を案内して家中を歩き回った。

「まだ夕方だけどさ、なんかこう、いい知れぬいやな感じがあるな……」

霊感《れいかん》ゼロだと豪語《ごうご》する柴山《しばやま》でも、それ特有の〝気〟は感じるらしい。

その場はなにごともなく廃屋探訪《はいおくたんぼう》をすませ、そのあとみんなで食事をして解散した。

わたしは、その足で彼女《かのじょ》の家に立ちよった。

「なんだかすごくいや……すごくいやな感じがする……」

家に入ってもひざをかかえ、彼女《かのじょ》は一点を見つめたまま。

「あたしには霊感《れいかん》なんかないと思う。でも、なんかいや、すごくいや!」

彼女《かのじょ》が心配になり、わたしはそのまま泊《と》まることにした。

終始「なにかがいやだ」といっていた彼女《かのじょ》だが、となりですうすうと寝息《ねいき》を立てている。

(もしかして、あの家の気を食《く》らっちまったかなぁ……)

ふとわたしがそんなことを思ったときだった。

「うっうっうっ……ギャーッ！」

突然《とつぜん》、彼女《かのじょ》がさけび声をあげた。

「びっくりしたぁ！　どっ、どーしたっ!?」

「ちょっと待って……お願い……明かり点《つ》けて！」

まくら元をまさぐり、読書灯のスイッチをひねる。

「あたしね、あたし……生まれてこのかた、一度も『あれ』の経験がなかったの」

「『あれ』って……なんだよ？」

「……金しばり」

「金しばり？」

「ぜんぜん動けなくて、声も出ないんでしょ？」

まちがいない。それはまさしく金しばりだ。

しかし、そこから彼女《かのじょ》が語り出した話は、〝ただの〟金しばりではない……そう感じずにはいられなかった。

「目をとじると、あの家が見えてくるの。あたしは近付きたくなんかないのに、どんどん玄関《げんかん》が間近にせまってきて……」

「あはは、それはあくまでも夢だよ。人はいやなことがあると、それを夢で再現することが……」

なんとか彼女《かのじょ》を安心させようとしたが、わたしの言葉など聞こえていないかのように、彼女《かのじょ》は話を続けた。

「玄関《げんかん》上がると左に階段《かいだん》、その手前には木のドアがあって、それを入ると左がトイレ、おくがお風呂場《ふろば》」

（！）

わたしは全身に鳥肌《とりはだ》がたった。彼女《かのじょ》は一歩たりとも廃屋《はいおく》には入っていないのだ。なおも続ける。

「玄関《げんかん》右手には、やはり同じようなドアがあって、そのむこうは茶の間になってる。その突《つ》き当たりにふすまがあって……」

「……もういい」

「階段《かいだん》を上がると、部屋が三つならんでて……」

「もういいっていってんだ！」

わたしは思わずどなり声をあげていた。

「そのいちばんおくの部屋に……」

「よせっ！」

「女の人がぶら下がってんのよぉー！」

その日以来、彼女《かのじょ》とは会わなくなった。

ハウススタジオ

昔からドラマや映画《えいが》の撮影《さつえい》でよく使われる、ハウススタジオ。

ハウススタジオというのは、ふつうに立っている、一般《いっぱん》家屋を撮影《さつえい》用のスタジオにしているもののこと。現在、住居として住人が使っているものを、そっくり撮影《さつえい》に借用《しゃくよう》する場合と、なん十年もだれも住んでいない、文字通りの廃墟《はいきょ》を使う場合がある。

そしておそろしいのがこれ。

なんらかの事件があり、だれも住まなくなった一軒家《いっけんや》の場合だ。

住宅《じゅうたく》ローンが残っているのに、そんな事件があった物件を買ったり、借りたりしようなどと思う人はいない。家主は、ただむだに置いておくよりはいいという理由で、映画《えいが》やドラマの製作会社に格安で貸し出すケースが少なくない。

今から十数年まえのことだ。

映画監督《えいがかんとく》をやっている友人・佐藤《さとう》から電話がかかってきた。

「実はまえからいってたホラー映画《えいが》、来週からクランクインすることになってさ。いろんな演出面でアイデアがほしいから、ぜひ撮影《さつえい》に立ち会ってほしいんだよ」

「ああ、いいけどさ。撮影場所《さつえいばしょ》はどこなの？」

「○○県××町なんだが、こっちから、おまえんちへむかえをやるからさ。なんとかたのむわ」

そう話す佐藤《さとう》の背後《はいご》から、たくさんの人のざわめきに交じってある声が聞こえた。

いぃ……たぁ……いぃぃ……よぉぉぉぉぉ……

いぃ……たぁぁぁぃぃ……よぉぉぉぉ……

「な、なんだっ！　いま、おまえのうしろから変な声が！」

「わはは！　相変わらず怖《こわ》がりだな！　いまおれは、役者さんたちの稽古場《けいこば》にいるんだよ」

「……なんだよ。まじでびびったぞ」

「うははは！　こりゃ傑作《けっさく》だ！　よーし、いまのを今夜の席で酒のさかなにしてやろうっと」

「ばか！」


数日後、約束通りの時間に、一台の車がわたしをむかえにきた。

「おはようございます！　今日からしばらくの間、よろしくお願いします！」

最近ではめずらしく、背筋《せすじ》のぴんと伸《の》びた好青年が立っている。

走り出した車中で、彼《かれ》に聞いてみた。

「今日行く現場はどんなとこなの？」

「ぼくも先日一度行ったんですが、すごいお屋敷《やしき》ですよ」

「お屋敷《やしき》？」

「そうです、お屋敷《やしき》です。洋館……っていうのかな。ぼくはそういうことは、よくわからないんですけど、アハハハ！」

好青年に屈託《くったく》なく笑われ、しばしなごんでいると、高速道路をなん本も乗り継《つ》いで車は次第《しだい》に人気のない街はずれへとむかっていた。

「ずいぶん、さびしいところにむかうんだね」

「ええ。あのほら、むこーうの方に森がありますよね？」

そういって彼《かれ》が指差す方を見ると、前方にこんもりとした森が見える。

「あのど真ん中にあるんです。怖《こわ》いですよ～」

ほどなく車はうっそうとしげる木々の間をぬけ、まるで中空を形成するかのように、ぽっかりと開けた場所に到着《とうちゃく》した。

「おつかれ様でした！　中に佐藤《さとう》さんがいらっしゃいますので、正面のドアを開けて入っちゃってください。ぼくは機材の搬入《はんにゅう》がありますので、あとから行きます」

着替《きが》えなどを入れたバッグを担《かつ》ぎ、わたしは、いわれたとおり正面のドアへむかった。

（いや、しかしこれは……）

ものすごい家だった。

壁《かべ》のほぼすべてにツタがはい、元々は白かったであろう外壁《がいへき》は、真緑色のコケにおおわれ、異様《いよう》なほどに変色している。

建物にむかって左側には大きな庭があり、ブランコとシーソーが置かれている。

しかしそのどちらも長い間、雨風にさらされ続けて激《はげ》しくくち果て、いまにもどさりとくずれ落ちそうだった。

玄関《げんかん》の大きなドアの表面には、アール・デコを思わせるような、荘厳《そうごん》な彫刻《ちょうこく》がほどこされている。


ギッ……イイッイィィィィィ………


開けた本人がおどろいてしまうほど〝いい音〟のするドア。

部屋のおくから聞き慣れた声がした。

「おうおう！　おつかれさん！　悪いね、こんなところまで。さぁ、こっちこっち！」

くつをはいたまま中へ進むと、えもいわれぬ、カビくささに包まれた。カビというより、木材がくちていくときに発する独特のにおいだろうか。

「部屋はたくさんあるからさ。一応それぞれに部屋割《へやわ》りしたんだわ。ここ、おれとおまえで使おう」

佐藤《さとう》がわたしを通した部屋は、窓《まど》はあるのにまったく日が差さない、二十畳《じょう》ほどのスペースだった。

「あとでみんなで顔合わせするから、それまでそこらへんウロウロしててくれ」

そういうと佐藤《さとう》はわたしひとりを置きざりにして、そそくさと行ってしまった。

なんどもいうが、わたしは怖《こわ》がりである。しかし、なぜかこの屋敷《やしき》には心ひかれるものがあった。

高さ3メートル以上はあろうかと思われる天井《てんじょう》のすべてに、豪勢《ごうせい》なクリスタルを無数にほどこしたシャンデリア。

廊下《ろうか》の壁《かべ》にも同じデザインの小さな照明がゆらめき、床《ゆか》に敷《し》かれているのはまぎれもなくペルシャじゅうたんだった。

(いったいどんな家族が住んでたんだろう。確か庭に遊具があったな。……ってことは、子どもがいたのか……）
そう思ったときだった。

おじさん　おじさん……こっちよ……　おじさん……こっち……

廊下《ろうか》を歩いていたわたしの耳に、それは確かに聞こえた。声の出所を見極《みきわ》めようと、そっと耳をすます。すると……。

んー……んんー……あぁうううぅー…………

なにやら苦しそうにあえぐ、小さな女の子の声……。

（つき当たりの部屋だ！）
わたしは小走りに近付き、その部屋のドアを開け放った。
ところがそこは光の差さない真っ暗な部屋で、廊下《ろうか》の明かりで照らされたわずかな床面《ゆかめん》がかろうじて見えるだけ。

「だ、だれかいるの？　お、お～い。だれか……」

おそるおそるその部屋に足をふみ入れ、漆黒《しっこく》の闇《やみ》にむかって声をかけた。

「おいおい、なにしてる？」

「ウボアアアアアアアアッ！」

背後《はいご》から声をかけられ、とっさに自分でもよくわからない言葉を発する。

「うぼあ？　なにそれ？」

人の気も知らないで、佐藤《さとう》はのんきな顔で立っている。

「ばかやろーっ！　しっ、心臓《しんぞう》が止まるかと思ったぞ！」

「それは困《こま》るな。撮影《さつえい》に支障《ししょう》をきたす」

「い、いや、今ここでな、人の声がし……」

「ああ、わかったわかった。ほら、顔合わせの時間だ。早いとこ、こっちきてくれ」

佐藤《さとう》にうながされ、うしろ髪《がみ》を引かれる思いでその場をあとにし、わたしはみんながいるらしいリビングへとむかった。

リビングに集まったスタッフが、はしから順番に軽く自己紹介《じこしょうかい》をする。紹介《しょうかい》が終わると佐藤《さとう》が数枚《すうまい》のプリントを手にして話し出した。

「まだ仕こみをしているスタッフもいるから、これで全員ではないがね。おたがいひと通り顔と名前くらいは覚えてくれ。インカムは当然ながら音出し禁止な。使うならヘッドセット着用のこと。

それから……一応この家の管理会社から、『使用に際しての注意』ってのがきてる。紙になってるから全員にわたすが、ちょっとここで概略《がいりゃく》だけいうぞ。

いいか？　まず使ってはいけない部分だな。これには特定の部屋も含《ふく》まれるから、各自その辺は気をつけてくれ」

「うぃっす」

若《わか》いスタッフたちが、同じようにあいづちを打つ。

佐藤《さとう》が続ける。

「まず立ち入り禁止場所だが、二階の一番おくのテラス。これは『経年劣化《れっか》のため、床《ゆか》がぬける可能性あり』となっている。まじかよ。それから……」

佐藤《さとう》はプリントに書かれた立ち入り禁止場所を読みあげていった。

「そーれーかーら……『絶対入ってはいけない部屋』ってのがあってな……。ありゃ、わはは、困《こま》ったな中村ちゃん。これ、さっきおまえがのぞいてた部屋だぞ」

あの部屋から聞こえた声を思い出し、わたしはびくっとした。

「ほんとかよ!? な、なんで入っちゃダメなんだ？」

「いや理由は書かれていないが、『絶対』となってる。よほど大事なものでもしまってあるんじゃないか？ まぁ、別にあそこは必要ねえしな」

わたしもそんなものかな……と思い、その場は特に気にすることもなく流した。

それぞれが持ち場の作業を完了《かんりょう》させ、その日は軽く打ち上げをしようということになった。

缶《かん》ビールを一本空けたところで、わたしは異様《いよう》な眠気《ねむけ》におそわれた。

「悪いけど、先に横にならせてもらうわ」

そういってわたしは、先ほど割《わ》り当てられた部屋へとむかった。

廊下《ろうか》は昼間とはまたちがった雰囲気《ふんいき》に変化しており、薄暗《うすぐら》さに拍車《はくしゃ》をかけたなんとも陰鬱《いんうつ》な感じがただよっている。

そのいちばんおくにはあの〝つき当たり〟の部屋があるが、この暗さではなにも確認《かくにん》できなかった。

部屋へ入ると着替《きが》えもせず、わたしはどっとふとんの上にたおれこんだ。

おそいくる睡魔《すいま》に身をゆだね、そのまますぅっとねむりのふちに吸《す》いこまれていった。


どのくらい時間がたったころだろうか。

廊下《ろうか》をドヤドヤと人が歩く足音と話し声がする。

その中に埋《う》もれるように、数日まえ、電話口で聞いたあの声がした。


いぃ……たぁ……いぃぃ……よぉぉぉぉぉ……

いぃ……たぁぁぁ……いぃ……よぉぉぉぉ……

(熱心なものだなぁ。こんな時間に稽古《けいこ》を……)

そう思いながらも、わたしはそのままねむりに落ち、気がつくと朝になっていた。

(やばい！　ねぼうしたか？)

あわてて部屋を飛び出し、佐藤《さとう》の姿《すがた》を捜《さが》すが見当たらない。それどころか、屋敷内《やしきない》にだれの姿《すがた》も確認《かくにん》できない。

昨晩《さくばん》みんなで打ち上げをやったリビングに行ってみるが、猫《ねこ》の子一匹《ぴき》見当たらない。

(あれ……もしかして外撮《そとど》りかな……？)

大きな窓《まど》から外をのぞくと、庭一面が展望《てんぼう》できた。


キィ……イイィ……キィ……イイィ……


なにかがきしむ音がして視線《しせん》をやると、昨日ここに着いたときに見たブランコ……。

(えっ！)

おどろいた。

女の子がブランコに乗り、ゆらゆらとゆれている。

窓《まど》ガラスは昔の技法で作られたらしく、かすんではっきり見えない。

古い回転式のかぎを外し、ガタピシと鳴る戸を開け放った。

ところがそこに先ほどの少女の姿《すがた》はなく、ただゆれるブランコがあるだけだった。

庭に出て、ブランコに近付く。

昨日見たときには、くちていたはずのブランコが、いつの間にかきちんと直されている。

昨日の顔合わせや打ち上げのときにはいなかったが、おそらく今日到着《とうちゃく》した子役なのだろう。

しばらくわたしは、庭で寝過《ねす》ごしたばつの悪さを、どうごまかそうかと考えていた。

ポケットからタバコを取り出し、口にくわえる。ライターで火を点《つ》けようとしたときだった。

おじさん　おじさん……こっちよ　おじさん……こっち……

ぽろりと口からタバコが落ちた。

「どこ？　どこなの？　なに？」
わたしは必死で声の主を探《さが》した。

こっちこっち……ねぇ　こっちだってば……おじさん　おじさん……

その声にうながされるまま、わたしは再び屋敷《やしき》の中へもどり、廊下《ろうか》を左へ折れる。
足はあの〝つき当たり〟へとむかっていた。
（あの子はここにいる！）
なぜかそう確信したわたしは、再びあのドアを開けた。
そのとたん！

うあああああぁぁぁっ！
いたああい！　あああーっ！　いたいよぉー！
いたいいたいぃぃぃぃぃぃぃぃぃぃ!!

なんとそこには、全身から血をふきだして転げまわる少女の姿《すがた》があった。

血は壁《かべ》一面に飛び散り、女の子が着ている白いワンピースを、みるみる赤く染《そ》め上げていく。

「うわああっ！　千秋《ちあき》っ！　千秋《ちあき》ーっ！」

わたしがそうさけんで、女の子に近付いた瞬間《しゅんかん》！


グドォッ!!


後頭部に激烈《げきれつ》な衝撃《しょうげき》が走った。

そのまま視界《しかい》がせばまり、わたしはまるでねむるかのように、先の見えない闇《やみ》へと落ちて行った。落ちながら、わたしが感じていたのは無数の〝絶望〟だった。


「おいっ！　おいおいおいーっ！」

「ん……？」

「んーじゃねえだろ！　なにやってんだよぉ」

目のまえに佐藤《さとう》がいる。

気がついたわたしが周囲を見回すと、あのつき当たりの部屋だった。

「女の子……ち、ちあきは!?」

「ねぼけてるぞ！　しかも女の夢を見てるとは！」

「ちっ、ちがうんだ！　なんでおれ……ここに……？」

「それはこっちが聞きたいよ。なんでわざわざ『立ち入り禁止』の部屋でねてるんだ？」

佐藤《さとう》に説明しようにも、夢なのか現実なのか、自分でもわからなかった。


この家でなにがあったのか、わたしは知らない。

〝千秋《ちあき》〟がだれなのかも……。

でもただひとつ、いまでも感じるのは、あのとき血まみれの少女の名を必死で呼《よ》んでいた自分は、ひとりの〝父親〟であったということだ。

ありがとうの手話

「ママァ……どうしてみいちゃんのお耳はなにも聞こえないの？」

三歳《さい》のときに高熱を出し、それ以来、みいちゃんの耳にはなにも届《とど》かなくなった。

みいちゃんは、わたしの友人夫妻の四歳《さい》になる娘《むすめ》で、名前は美玲《みれい》。

言語を習得する一番大事な時期での発症《はっしょう》だっただけに、話し方に特徴的《とくちょうてき》なニュアンスが生まれていたが、とても元気な女の子だった。

わたしがお宅《たく》に遊びに行くと、「いらっしゃーい！　今日のケーキはなぁに？」といつも玄《げん》関《かん》まで元気に飛び出してくる。

いつの間にか、〝わたしが来るときには必ずケーキ〟という図式が成り立っていたらしい。

手で耳をふさぐと、外界の音はシャットアウトされるが、骨《ほね》を伝わって様々な音が聞こえてくる。これを〝骨伝導《こつでんどう》〟という。騒《さわ》がしい現場で活用できる、骨伝導《こつでんどう》を使った専用《せんよう》イヤホンが市販《しはん》されているほどだ。

ところが、みいちゃんにはそれすら伝わっていなかった。要するにみいちゃんは、なにも聞こえないのだ。

近所の子どもたちが幼稚園《ようちえん》に入園するときも、みいちゃんは少しはなれたところにある養護学校に付属する園に入ることになった。

でもみいちゃんは強かった。

なににもめげない、負けない、気負わない。先生から見よう見まねで手話を習い、家へ帰ってきては両親に「今日はこんなの習った」と、こと細かに伝えるのが日課となっていた。

それから約半年後のある日のこと。

その日は家族三人で八景島《はっけいじま》へ、みいちゃんが大好きなイルカショーを見にいった。

トレーナーの様々な指示に的確に反応するイルカを見て、みいちゃんが不意にこういった。

「イルカさんだって、お耳が聞こえるのに……」

それを聞いたみいちゃんの母親の目から、大粒《おおつぶ》の涙《なみだ》がこぼれ落ちた。

「ぼくは聞こえないふりをするのが精一杯《せいいっぱい》でした」

父親はわたしにそういった。


それでも水族館を存分《ぞんぶん》に楽しんだ後、家族は埼玉《さいたま》の自宅《じたく》を目指して帰路に就《つ》いた。

休みの日だけあって道路はひどい渋滞《じゅうたい》で、父親はカーナビを駆使《くし》してなんとか空《す》いている裏《うら》道《みち》を探《さが》していく。やっとの思いでスムーズに走れる道に出たときだった。

「パパァ、みいちゃん、おしっこがしたいの」

「おしっこか、よしよし。どこかコンビニでトイレ借りような」

聞こえないとわかってはいても、彼《かれ》はいつもそうやって当たりまえのように娘《むすめ》に返事をしている。

ところがそんなときに限って、コンビニが見つからない。

ようやくそれらしき看板《かんばん》が見え、ほっと胸《むね》を撫《な》で下ろしたのもつかの間、今度は駐車場《ちゅうしゃじょう》が満《まん》杯《ぱい》で入れない。

「どこか空《あ》いたら車入れておくから、おまえは先にみいちゃん連れて、店入っててくれ」

父親が母親にそういったときだった！

ガアアアーッ!!

おしっこを我慢《がまん》しきれなくなっていたみいちゃんは、車から降《お》りようと自分で右側のスライドドアを開けてしまう。次の瞬間《しゅんかん》！


パパパパーッ！！！！


けたたましいクラクションの音が鳴り響《ひび》き、ふたりの目のまえから、みいちゃんがいなくなっていた。

「うわあああああああああっ!!　美玲《みれい》っ!!　みれい――――――っ!!」

みいちゃんは即死《そくし》だった。

お漏《も》らしをしてはいけないとあわてたみいちゃんは、うしろからくる大型トラックに気付かず、コンビニへ走ろうと車から飛び降《お》りてしまったのだった。

あまりにもあっけない最期《さいご》。


そのとき以来、みいちゃんの家ではすべてのときが止まった。

母親はかたときも仏壇《ぶつだん》のまえからはなれようとせず、父親も仕事が手につかない。

ふとした瞬間《しゅんかん》、父親は思わずふりむいてしまう。

いつものようにそこにみいちゃんが立っていて、にここと自分に微笑《ほほえ》みかけているような、そんな思いに駆《か》られるのだ。

ある日、仏壇《ぶつだん》のまえに座《すわ》りこんだままの妻が、なにかを必死につぶやいている。

そっと近づき耳をかたむけると……。

「みいちゃん……ママ、そばに行くからね。もうちょっと待っててね。……ちゃんと行くから。もうちょっとの……辛抱《しんぼう》だからね」

うつろな眼差《まなざ》しのまま、空を見つめてそうつぶやいている。

「おい！　しっかりしろっ！　なにいってんだおまえっ！」

「だって……だって、みいちゃんひとりぼっちなのよ。耳も聞こえないあんな小さな子が、どうやって天国へ行けるっていうのっ!!」

「みいちゃんは……あの子は強い子だ。きっと自分で行くべき所へたどり着けるさ」

「気休めいわないでよっ!! やっと手話を覚え出したところなのよ。ひとりでおふとんに入ることだって怖《こわ》がったあの子が……。いったいどうやったらたったひとりでお空に昇《のぼ》れるのよっ！」

返す言葉なんかどこにも見当たらなかった。ふたりの涙《なみだ》はとどまることを知らなかった。

そのままいくつものねむれない夜を過ごし、ちょうど四十九日目の夜のこと。

「ママ……ねぇ……ママ……」

「…………み、みいちゃん? みいちゃんなの!?」

「あのね、ママ、みいちゃんね、ちゃんとお耳が聞こえるようになったの」

「そう。そうなの！ そうなのね！ よかったね、よかったね、みいちゃん！」

「うん。だからね、みいちゃん、ママやパパのお声もちゃんと聞こえるんだよ」

「本当？　みいちゃん、みいちゃん、よかったね、よかった……。もう体は痛《いた》くない？　頭は？　足は？　腕《うで》は？」

「だいじょうぶだよママ。みいちゃんね、もうどこも痛《いた》くないの」

「そう、それはよかったね。ママもパパもとってもとっても心配しちゃってね。ごめんね、ごめんね、みいちゃん。あのとき、ちゃんとママが……」

「あのね、ママ」

「うんうん、なあに、みいちゃん？」

「ママ……あのね、みいちゃんね、今からお空に昇《のぼ》るの」

「えっ……？　どういうこと？　だってもうどこにも……それにお耳が聞こえるようにもなって……」

「ママ、ありがとう。みいちゃんはママとパパが大好きだよ」

「み、みいちゃん！　待って！　どうして……」

「ママ……ママ……、みいちゃんはとってもしあわ……」

みいちゃんの母親は、ここで目が覚めたという。

なに気なくとなりに寝《ね》ている夫の顔をのぞきこむと、目に涙《なみだ》をいっぱいため、声をおし殺して泣いている。

「……あなた。もしかして、あなたにもみいちゃんが？」

夫は声を出さずにうなずき、手で涙《なみだ》をぬぐった。

同じ時間に、みいちゃんは両親のもとを訪《おとず》れていたのだ。


するとどこからともなく、サラサラサラという音が聞こえてくる。

音をたどっていくと、それはみいちゃんの部屋からだった。

みいちゃんがまるでそこにいて、大好きだった絵本をめくっている……ふたりはそんな感覚におちいり、そっとドアを開けてみた。


サラサラサラッ……サラサラッ……

みいちゃんが使っていたかわいらしい机《つくえ》の上に、一冊《さつ》の本が置かれ、わずかに開いた窓《まど》からの風にページがめくれていく。

ふと風が止《や》み、あるページを開いたまま本は動くのをやめた。

生前、みいちゃんが一生懸命《いっしょうけんめい》見ていた子ども用の手話の本。

そのページに記されていたものは、〝ありがとう〟の手話だった。

沖縄《おきなわ》の部屋で

わたしは小学四年生のころ、親の仕事の都合で沖縄《おきなわ》に住んでいた。

沖縄《おきなわ》がアメリカから返還《へんかん》された翌年《よくねん》のことで、東京からきた……というのがめずらしいらしく、「あいつは大和人《やまとんちゅー》さぁ！」と、周囲からよく指を指されたものだ。

両親は小学校から近い方がいいだろうと、適当な部屋を探《さが》したのだが、返還《へんかん》直後の沖縄《おきなわ》ではそこそこの物件で妥協《だきょう》するしかなかったらしい。

父がひと足先に単身でうつり、母とわたしがあとから加わった。

三階建ての建物は一階がスーパーになっており、二階には大家さん家族、三階が賃貸《ちんたい》物件となっていた。

三階にはふた部屋あったが、入居していたのは、我々《われわれ》家族のみだった。

部屋のまえに大きくテラススペースをとった、いかにも〝南国風〟な造りで、わたしはけっこう気に入っていたように思う。

地元の学校に転入し、一週間ほど過ぎたある日のこと、数人のクラスメートがかけよってきた。その中のひとり、安城《あんじょう》がとんでもないことをいい出したんだ。

「ねえ、中村君。君が住んでる部屋ね、お化けが出るんだよ」

「えっ？」

とつぜん、そんなことをいわれて、おどろかない者はいない。

仲井間《なかいま》が続ける。

「そうそう！　このへんじゃ、有名なんだよ」

「う、うそっ？」

ふたり目の証言者が出た時点で、わたしは落ちこみモードに突入《とつにゅう》し、重い足取りで家路に就《つ》いた。

家に帰ると、大家さんの息子《むすこ》・正義《まさよし》が声をかけてきた。

「どうしたの？　元気ないよ」

「実はさ、今日クラスでね……」

わたしは、クラスメートに聞かされた、お化けの話を正義《まさよし》に聞かせた。

「う～ん……」

正義《まさよし》は一瞬《いっしゅん》おどろいた顔になったが、うなっただけでなにもいわず、ぷっつりとお化け話はとぎれてしまった。

タイミングの悪いことは重なるもので、そんな日に限って家にはだれもいない。

合かぎはもちろん持ってはいるのだが、あんな話を聞かされたあとでは、とてもではないがひとりでかぎを開ける勇気はない。しかたなくわたしは、母が帰るまで屋上で時間をつぶすことにした。


その晩《ばん》、昼間、学校で聞いた話をそっくり両親に話して聞かせた。

「なに、そんなうわさがあるのか？　そいつは一回、大家に聞いてみなきゃいかんな」

「単なるうわさ話にしても、子どもたちにまで広がるなんてねぇ」

父も母も知らなかったようだった。

翌日《よくじつ》、父に連れられて、二階の大家さん宅《たく》を訪《たず》ねた。

「いやぁ、子どものうわさですから、あまり気になさらないでほしいのですが……」

そう前置きして、父は、前日にわたしが聞かされた〝学校のうわさ〟を大家さんに伝えた。

「そうですか。そんなうわさが広まってますか……」

てっきりすぐに否定《ひてい》してくれるとばかり思っていたのに、大家さんからそういう言葉は出てこない。

「いやいや、ちょっと待ってください。そんな妙《みょう》に納得《なっとく》されても困《こま》りますよ」

父の言葉に大家さんはなにか考えこんでいるようすで、だまっている。

「う、うちがお借りしてるのは、なにかあった部屋なんですか？」

「う、う～ん……」

しぶる大家さんに父がつめよった。

「はっきりしてくださいな！　お金をはらって住んでいる以上、験《げん》の悪いところになんかいたくありませんから。そうでしょう？」

「いや、もっともです。それでは……お話ししましょうか……」

やっとのことで大家さんは、重い口を開きかけたが、そのまえにわたしを部屋にもどすよう、父にうながした。

「部屋に帰ってなさい」

父にそういわれ、わたしはしぶしぶ三階へもどった。

「どうだった？　大家さんになんか聞けた？」

母も気が気でなかったようだが、わたしは「先に帰ってろっていわれた」と答えるしかなかった。

「そう……しかたないわね。お父さんが帰ってきたら聞きましょう」


それから小一時間も経過しただろうか。父がもどってきた。

「どうだったの？　大家さん、なんだって？」

わたしはいてもたってもいられず、玄関先《げんかんさき》で父にたずねた。

「いや、たいしたことじゃない。それより今日はもうこんな時間だ。おまえは早く寝《ね》なさい」

いつになく厳《きび》しい口調で父にうながされ、わたしが自分の部屋へとむかったときだった。

「待ちなさいっ！」

びっくりしてふり返ると、ものすごい形相をした父が立っている。

「な、なに？　おとうさん？」

「今日はわたしたちといっしょに寝《ね》よう。先に歯をみがいておいで」

「えっ、歯はもうみがい……」

「いいからっ！　いう通りにしなさいっ！」

有無《うむ》をいわさないような父の口調に、わたしはしかたなく洗面所《せんめんじょ》へむかい、もう一度歯をみがいていた。

すると居間の方から、なにやら悲鳴にも似た金きり声が聞こえた。

夫婦《ふうふ》げんかをしているような声は聞こえなかった。ただ悲痛《ひつう》な色に満ちた母の悲鳴だったように記憶《きおく》している。

結局、その晩《ばん》はわたしを両親がはさみ、親子三人〝川の字〟になって床《とこ》に就《つ》いた。

ふとんに入ってどれくらい時間がたったであろうか。

カリ……カリ……カリカリカリ……

なにやら砂壁《すなかべ》をゆっくりと引っかいているような異音《いおん》が、部屋の中からひびいてきて、わたしは目を覚ました。

その音以上にわたしがおどろいたのは、すでに両親がふたりともふとんの上に身を起こし、その音のする方を凝視《ぎょうし》している光景だった。

ふたりの視線《しせん》は、わたしの部屋へと続くドアにくぎ付けになっている。

「どうしたの？　なに、この音？」

わたしはすぐに両親にきいた。

「しっ、だまって！　……お父さん」

母が父によびかける。

「だめだな、これは。だめだ」

父が答えるが、わたしはさっぱりなんのことだかわからないでいた。

「なにがだめなの？　ねえ、お父さ……」

わたしの言葉など聞こえていないかのように、とっさに父は立ち上がると、かべにある照明のスイッチを入れた。

音はそれを機に、ぱったりと止《や》んだ。

「さあ、もう寝《ね》よう。きっとネズミかなにかだよ……」

父にそういわれて再び床《とこ》に就《つ》いたが、わたしはなかなか寝付《ねつ》かれなかった。

まんじりともせず時間だけが過ぎていく。

照明を消して暗くなった部屋には、小さな常夜灯のみが光っていた。

それから三十分も経過したころだろうか。わたしの左側に寝《ね》ていた母の方から異様《いよう》な音がしだした。

わたしはそれが怖《こわ》くてふりむけず、ただ耳をすましていた。

ぐすっぐすっ　ぐへぇ……ぐすっぐすっ　ぐへぇ……

あきらかに母のものではない、〝なにか〟の声がわたしのすぐうしろから聞こえる。

(怖《こわ》い！　怖《こわ》いよぉ！　お父さーんっ、助けてよー！)

そう思ったときだった。

「なんだ、きさまはっ！」

父は気付いていたのだ。

ふとんから飛び起きた父が、わたしのうしろにいる〝なにか〟にむかって、一喝《いっかつ》した。

父のその声でパニックになったわたしは、思わず母の方をふり返った。


そこで見た光景はいまでも忘《わす》れられない。

苦しそうに寝汗《ねあせ》をびっしょりとかいた母の上に、顔をくしゃくしゃにした女がすわっていた。

髪《かみ》をざんばらにふり乱《みだ》し、かっと開かれたまぶたからのぞく白濁《はくだく》した眼球が、妙《みょう》に印象に残っている。

父の一喝《いっかつ》で、女は煙《けむり》が消えるように姿《すがた》を消してしまったが、あの気丈《きじょう》な父のこぶしはその後しばらく、小きざみにふるえ続けていた。

中学生になって、やっとあのとき大家さんから聞かされた話を、父から打ち明けられた。

以前あの部屋に住んでいた女性は、沖縄《おきなわ》に駐留《ちゅうりゅう》していた米軍兵士と恋仲《こいなか》になった。米兵はアメリカに帰国することが決まると、「自分はいったん本国へ帰るが、いっしょにアメリカへ行こう。必ず迎《むか》えにくる」と女性に告げたという。

米兵の言葉を信じ、女性は数年、待ち続けるが、結局、米兵が帰ってくることはなかった。

そして……。

一通の書き置きを残し、待ちつかれた女性は服毒自殺をとげてしまう。遺体《いたい》は夏の熱気で腐敗《ふはい》し、発見されたときにはひどい状態であったらしい。その部屋が、わたしが使っていた部屋なのだそうだ。

ミキサー室の霊《れい》

もうずいぶんまえのことになるが、わたしはバンドを組んでいた。

バンドのメンバーはその日によって入れかわり、ときにはとんでもない大御所《おおごしょ》が入ることもあった。


あるクラブでライブをしたときのことだ。

そこは東京都内でもかなり有名なところで、だれもが知っている有名なバンドや、アーティストも送り出している。

その日、そんな憧《あこが》れの場所に初めて立つこともあり、わたしは少し気後《きおく》れしていた。

しかもそのクラブには、さまざまな有名人たちが語り継《つ》いでいるひとつの〝怪異《かいい》伝承〟があった。

そんなことも手伝って、楽屋に入るなりわたしは、不穏《ふおん》な空気をびしびしと感じ取っていた。

あとで聞いたことだが、その場にいたすべてのメンバーが、全員同じ思いであったというのも不思議な話だ。


開場までの一時間半ほどのあいだに、すべての機材のチューニングやセッティングをすます。

ステージから見て左上にはミキサー室があり、照明はその反対側に位置していた。

ドラム担当《たんとう》のわたしは、すべてのドラムを定位置にセットすると、ハイハットというシンバルの組み立てに取りかかっていた。

「テス……テス……アーアッ……アーアッ」

音声や映像《えいぞう》を調整するミキサーが到着《とうちゃく》したらしい。

「ツェッ！　ツェッ！　シッシッ……」

いつもながらのマイクテストが開始され、同時に照明も点《つ》いた。

まぶしい光が全員を照らし出す。

「えーと、ドラムさん、ちょっとバスもらえますか？」

マイクを通してミキサーから指示が出るが、このとき、わたしはまだバスのペダルをセットしていなかった。

「すんませ～ん！　先に他を……ベースからやってもらっていいですか？」

わたしはそう声をかけ、ベースからチューニングに入ってもらおうとした。

しかし気付くと、ベース担当《たんとう》が楽器をかかえたまま固まっている。

「なにしてんの？　どうした？」

そう声をかけたが、ベース担当《たんとう》はある一点を見つめたまま微動《びどう》だにしない。

その視線《しせん》を追いかけていくと、左手にあるミキサー室の窓《まど》だった。

「なに見てんの？　どうかしたの？」

わたしの言葉で我《われ》に返ったベース担当《たんとう》がいった。

「ちょっと教えてほしいんだが……」

「なに？」

「今日のミキサーは箕輪《みのわ》さんか？」

「いや、今日はここの専属《せんぞく》ミキサーがくるって聞いているが……」

「まじかっ！」

そういうなり、まるで腰《こし》をぬかしたように、ベース担当《たんとう》はうしろにへたりこんだ。

支える主がいなくなった1・8メートルほどもあるウッドベースは、そのまま真横にたおれ、オルガンの角を直撃《ちょくげき》した。

その衝撃《しょうげき》でベースのヘッドは、ぽっきりと折れてしまっている。

「うわーっ！　へ、ヘッドがー！」

思わずさけんだベース担当《たんとう》に、サックス担当《たんとう》が声をかけた。

「落ち着け！　いったい、どうしたっていうんだ⁉」

ベース担当《たんとう》が答えた。

「中村が『ベースから』っていうのを聞いて、すぐに動けるようスタンバイしたんだ。でもなんの指示も出ないから、ふとミキサー室を見上げたんだよ。そしたら……」

「そしたら……」

サックス担当《たんとう》とわたしは声をそろえて聞いた。

「ぶら下がってるのが見えたんだ！」

「なにがだよ！」

サックス担当《たんとう》がいらっとした声でいう。

「な、中で、人が……首からロープを……」

「なにっ！」

わたしはすぐにミキサー室へ走ろうとしたが、いつの間に到着《とうちゃく》したのか、その日、出演予定だった〝大御所《おおごしょ》〟が引き止めた。

「いいから！」

「いや、いいからもなにも……」

「いいんだ。行ってもなにもないんだ。ここは……そういう場所だ」

大御所《おおごしょ》にそういわれても、いても立ってもいられず、わたしはミキサー室へ上がって行った。

小さな重いドアを開けると、なじみある機械が整然とならんでいるだけで、そこに人影《ひとかげ》は確《かく》認《にん》できなかった。

「じゃ、じゃあ、さっきのマイクテストは？　おれに『バスもらえますか』っていったのは……」

ミキサー室を出て、わたしは大御所《おおごしょ》に確認《かくにん》した。

「ああ。実際にはだれもいなかったんだな……。

昔、ここの専属《せんぞく》ミキサーが、個人的な理由で首をつった。まだ息があるところを発見されたんだが、数時間後に搬送先《はんそうさき》の病院で息を引き取ったんだ。

よほど自分の仕事場が気になったんだろうな……。それ以降《いこう》ちょくちょくここで〝目撃例《もくげきれい》〟が相次いだんだ。

中には気味悪がって、ここには二度と出ないってのもいるが、おれは別にこわかねえんだ。

生前、よくいっしょに飲んだりしてたしな……」

それを聞いて、わたしはなんだか切なくなった。

折れたベースは使い物にならず、急きょ、その日はエレキベースで対応したのだが、演奏中《えんそう》ずっと青い顔をしていたベース担当《たんとう》の表情は、いまでも忘《わす》れることができない。

また、いる……

怪奇《かいき》体験
怪異《かいい》体験
霊《れい》体験
心霊《しんれい》体験
恐怖《きょうふ》体験

呼《よ》び名はさまざまだが、いずれも〝霊《れい》が関連した〟と思われる不可思議な事例を指す表現だ。
それらは、あからさまに経験する者と、そうでない者とにはっきりと分類される。

四十年ほどまえの夏、わたしは初めて自分のトラックを買った。

〝買った〟とはいうものの、自分でローンを組んで買ったものではない。

ある人が数台買って持っていた中の一台を、わたしが代わってローンを支はらい、そのまま仕事に使っていたのだ。

とはいえ車はまったくの新車といっていいほど状態がよかった。でもまだまだ若《わか》かったわたしは、『トラック野郎《やろう》』という映画《えいが》の主人公が乗る〝一番星号〟よろしく、ギンギラにかざり立ててしまった。いまでいう〝デコトラ〟だ。

世の中は高度経済《けいざい》成長の真っただ中で、どんな車に乗っていようが、仕事にはことかかなかった。

その日は札幌《さっぽろ》から青森へ引っこし荷物を運び、帰り荷として、札幌《さっぽろ》の大型家具業者へのたんすの搬送《はんそう》があった。〝帰り荷〟とは、目的地から発進地まで、トラックが帰る空きを利用する便のことだ。ちなみに発進地から目的地までは〝立ち便〟という。

長距離《ちょうきょり》はいい。実にいい。

わたしは運送業者の社員として働いていたわけではないので、行く先々で好きな方面への荷を選ぶことができた。

立ち便の荷を下ろして仲間数人とコーヒーを飲んでいると、関西方面から荷を運んできた大川がわたしに話しかけてきた。

「はぁ～、さすがに兵庫・東北に次いで、北海道いうのはしびれますね……」

「うはは！　大ちゃん、もしかして関西からぶっ通し？」

そうはいいながらも長距離《ちょうきょり》好きなわたしは、すこし大川をうらやましく思った。

「そらそうですわ！　実はわしも先月新車買《こ》うたんですよ。一生懸命《いっしょうけんめい》働いてかせがな！

ところで中村はん、ここから出る伝票、次はどこ行きか聞いたはります？」

伝票というのは荷物を意味する。

「いや、なにも聞いてないけど……。なんで？」

「なんでも『東の方』いうて話しとんの、さっき事務所のまえ通ったら、ちらっと聞こえたんですわ」

「ふーん……もしかしてそれが本当なら、釧路《くしろ》方面の大荷かもしんねえぞ」

「ほんまですか!?　そらうれしいわ！　いっしょに行けますやんか！　で、荷はなんですのん？」

トラックは走る距離《きょり》と荷物の量で運賃《うんちん》が決まる。距離《きょり》が長くて大量の荷ならばんばんざいだ。

わたしは大川にわたしの知っている情報を教えてあげた。

「小樽《おたる》にＳ家具っていう工場があってさ。そこは桐《きり》なんかの婚礼《こんれい》もの専門《せんもん》なのよ。高価なだけに気もつかうけど、運賃《うんちん》がはんぱじゃないんだわ。これは、おいしいよぉ！」

「うわっはは！　新しいバンパー作れそうや！」

まだＳ家具と決まったわけではないのに、大川は満面の笑《え》みをうかべている。

「一生懸命《いっしょうけんめい》かせぐって、飾《かざ》りのためかよ！」

そんな話をしているところへ、顔なじみの配車係がやってきた。

「おう、いつものメンバーだね！　これからＳ家具行ってもらうんだけど、みんなパッドはある？　一棹《さお》あたり百万は下らないたんすだからね。ばっちり巻《ま》いて行かないと、えらいことになるぞぉ」

「大丈夫《だいじょうぶ》ですよ。もしだれかが足りないようなら、おれのパッド貸しますから」

パッドというのは荷物を保護する毛布のこと。行き先や荷物を行く先々で選んでいるわたしは、いつも多めに用意していた。

「うんうん、じゃあそういうことでな。むこうの出荷状況《しゅっかじょうきょう》の都合もあるから、申し訳《わけ》ないけどもう少し待ってて……」

配車係は〝もう少し〟といったが、トラック業界で〝もう少し〟といえば二時間以上、〝しばらく〟とくれば、軽く六時間は待つことを意味する。

「飯もさっき食っちゃったし、なんだかひまだなぁ……」

わたしがそうつぶやくと、仮眠《かみん》用のベッドにねころがっていた横川という男が、こんなことをいい出した。

「そういえば中村ちゃん、茨城《いばらき》のHって町……行ったことある？」

「ああ、それならこの間、引っこし荷物、運ぶのに行ったね。あの町がなにか？」

「なんでんねん、横川はん？　あそこになんぞ、おもろいことでもおまんの？」

大川も話に加わる。

「まあ待て待て。それは国道6号から行った？」

「途中《とちゅう》までは50号で行って、岩沼《いわぬま》から6号に……」

「おお、よく白バイがかくれてるとこな！」

わたしの言葉をさえぎって、横で缶《かん》コーヒーをすすっていた橋本も話に交ざってきた。

「ああ、50号から6号ルートか。いや、実はさぁ……」

そういって横川が話し始めたのは、運転中の〝心霊《しんれい》体験〟だった。横川が口火を切ると、みんなが自分の体験を次々披露《ひろう》していく場となってしまった。

すると、それまで我関《われ》せずといった面持《おもも》ちで、横で雑誌《ざっし》を読んでいた亀井《かめい》という男が口を開いた。

「おい、やめろやめろ、そんな話！　まったくくだらねえ」

亀井《かめい》はそこにいた中でいちばんキャリアが長く、年齢《ねんれい》も少し上だったが、ふだんから粗暴《そぼう》な言動が目立つ一風変わった人物だった。

「なんでんねん亀井《かめい》はん。『くだらねえ』とは、少しいい過ぎちゃいますか？」

大川が亀井《かめい》に食ってかかる。

「ばっかやろう！　いいか、人間なんてのはな、死んだら土になる！　それが当たりまえだろうが！　それをお化けだ、幽霊《ゆうれい》だってほざきやがって。てめえら小学生か！」

「なんやとこらっ！　もいっぺん、いうてみい、だれが小学生やねんっ！」

本当に小学生のようなことを返す大川を、わたしは軽くいさめた。

「いやぁ亀井《かめい》さんはそういうけど、あるものは現実に『ある』んだぞ」

せっかく大川を止めたのに、今度は横川が火に油を注ぐ。

橋本がはやしたて、収拾《しゅうしゅう》がつかなくなったが、やがて落ち着いたところで、横川が再び話し出した。

「亀井《かめい》さんのいうことも、わからないではない。でも現実に見てるおれたちがいる。それもうそだと？」

「いや、おれはおまえらをうそつき呼《よ》ばわりする気はないぞ。でもな、そんなもん絶対にありえない！」

亀井《かめい》もがんこで持論《じろん》を曲げる気はないようだ。

「あんたもわからん人やな！　わしらは現実にそないな経験なんどもしとんのや。それを頭っからありえんとはなにごとやねん！　あんたが信じんいうのんは勝手や。せやけど、それを他人におし付けなや」

大川のいうことにも一理ある。

このままだと、またさきほどの二の舞《まい》になりそうだったので、わたしは亀井《かめい》がこうまでいう理由を聞いてみることにした。

「亀井《かめい》さんがそこまで否定《ひてい》するのは、なんらかの根拠《こんきょ》があってのことだと思うんだけど、どうなんです？」

すると亀井《かめい》の口から、とんでもない答えが返ってきた。

「だっておれ、幽霊《ゆうれい》なんか見たことねえもん」

〝それが理由か〟とおどろく一同を尻目《しりめ》に、亀井《かめい》はなおも続けた。

「おまえらだって知ってると思うけど、『二十歳《はたち》まで見なきゃ一生見ない』って。おれはいま二十五歳《さい》だけど、いまだかつてそんな経験はない。だからこれからもありえないし、そんなものはまったく信じてもいない」

「そっ、それが亀井《かめい》さんの『信じない根拠《こんきょ》』なんですか？」

わたしは少しあきれた口調で亀井《かめい》に聞いた。

「あったりめーよ！」

亀井《かめい》の返事にみんなもあきれ返っている。

そのあまりにも幼稚《ようち》な〝根拠《こんきょ》〟は、〝怖《こわ》いから信じたくない〟といういいわけにしか聞こえなかった。

「亀井《かめい》さん、そんなこといってると……出ちゃいますよぉ」

橋本が冗談《じょうだん》めかしていった。

それからしばらくはコーヒーを飲んだり、せんべいをかじったりしながら、配車係から声がかかるのを待った。

「ほいほい、お待たせ～」

二時間ほどたったころ、ようやく積みこみの都合が整い、大川、横川、橋本、亀井《かめい》、そしてわたしのトラック五台そろって、小樽《おたる》のS家具へとむかう。

S家具の立地は、トラック五台すべてが一度に入場することができない。

しかも交通量の多い国道からバックで車をつけないと入れず、運転に自信のない者から〝地獄《じごく》のS家具〟などといわれていた。

五台のトラックは、運転中も無線で話すことができる。

さっそく大川からの無線が飛んできた。

「ピッ　いんやあ、ここめっちゃ入りづらいなあ！」

「ピッ　取りあえず先に亀井《かめい》さんが積みに行ってるから、おれたちはここで待機な」

「ピッ　了解《りょうかい》です」

わたしの無線に大川が応《こた》える。

「ピッ　おれたちも、亀井《かめい》さんの積みこみ、手伝いに行った方がいいんじゃねえ？」

横川が提案するが、S家具の人手は十分足りており、行けばかえってじゃまになる。

釧路《くしろ》の搬入先《はんにゅうさき》には五台そろって納品《のうひん》することが決まっているため、荷を積み終えた車は、少しはなれたコンビニの駐車場《ちゅうしゃじょう》で待つ段取《だんど》りにしていた。

五台すべて積み終わると、時刻《じこく》は午後十時を少し回っていた。

待ち合わせ場所で五台そろったことを確認《かくにん》し、横川が先頭となって一路、目的地の釧路《くしろ》を目指した。

その当時の小樽《おたる》から釧路《くしろ》までの行路は、大まかにわけてふたつ選択肢《せんたくし》があった。

ひとつは、遠回りにはなるものの、旭川《あさひかわ》方面から大雪山系《けい》をぬけるルート。

もうひとつは、夕張《ゆうばり》から日高《ひだか》方面へぬけ、帯広《おびひろ》を通って足寄《あしょろ》にぬけるルートだ。

現在ではとちゅうの一部分を除《のぞ》いて、高速道路で行くことができるが、当時は一般道《いっぱんどう》を行くのが定石《じょうせき》。それで距離的《きょりてき》に短い後者を選択《せんたく》することにした。

買いこんだおにぎりをほお張りながら時計を見ると、まさに午前一時になったばかり。

それまでは五人全員で盛《も》り上がっていた無線も、一番手を走る横川と三番手にいるわたしだけになっていた。

この時点でトラックは、横川、亀井《かめい》、わたし、大川、橋本という順番である。

あとの三人も無線機の電源《でんげん》を落としたわけではなく、無線を聞いているだけの、いわゆる〝たぬき状態〟だった。

市街地を走るときには、信号ではなされないようにぴったりくっつき、郊外《こうがい》へ出れば長めに車間を空けて走る。

車列はじょじょに峠《とうげ》にさしかかってきた。

先頭の横川から無線が入る。

「ピッ　お～い！　そろそろN峠《とうげ》だぞ！　みなさん、お目目ぱっちりでお願いしますよ～！」

「ピッ　はいは～い！　なんや峠《とうげ》があるんかいなぁ……」

このあたりにあまり慣れていない大川が、まっさきに無線を返す。

「あるある！　この先、ものすげーのが待ってるぞ！」

みんなに気合をいれるかのように、思わずわたしの声は大きくなっていた。

「もしはぐれたら、頂上《ちょうじょう》の茶屋で待ち合わせな！　ってか小便してー」

「わははは、もらすなよ！」

橋本の無線にわたしは笑って返した。

間もなくして車は坂を上り始め、五台のトラックは車間もまばらになっていった。

変わらず無線で話しているのは、横川とわたしだけとなり、次第《しだい》に話すネタもなくなってきた。眠気覚《ねむけざ》ましに、わたしは変な歌を歌ったり、似ても似つかないヘンテコな物まねなんかをやっていたように思う。

　空気を入れ替《か》えようと、わたしは窓《まど》を開けた。

　深夜の山間部に、デコトラ特有のマフラーの音がビタビタとひびきわたっている。

　マフラーは車の後方や横に飛び出ている、金属のパイプ部分のこと。ここもより大きな排気《はいき》音《おん》が出るようにしていた。

　車は曲がりくねった峠道《とうげみち》をどんどん上って行く。やがて道の左側に〝五合目〟の看板《かんばん》が見えてきた。

「ピッ　しかしなん回きても、相変わらずなにもないとこだねぇ」

　先頭を行く横川から無線がきた。

「ピッ　あったりまえだべさ！　……山だもん」

　すぐにわたしは応答した。

　話すのもおっくうなのだろう、相変わらず横川とわたし以外の三人は〝たぬき状態〟を決めこんでいる。

みんな、眠気《ねむけ》がおそってなければいいがと思いつつ、わたしは横川と無線でまた話しはじめた。

「ピッ　このあたりに女の子でも歩いてれば、ソッコー拾って行っちゃうんだけどな！」

横川が明るく冗談《じょうだん》を飛ばしてくる。

「ピッ　ばーか、それじゃあ拉致《らち》だよ」

「そっか！　そいつぁまずいな」

「第一だな、夜中にこんな歩いてる女って、そりゃこの世のもんじゃないだろ」

「そりゃそーだ！　ひえぇ～おっかねえ、おっかねえ！」

大げさに横川が返してきた。たわいもない会話だが、疲《つか》れと眠気《ねむけ》とをふりはらうには、こんな話がいちばんだった。

それから十五分も走ったころだろうか。

横川から再び無線が入る。

「ピッ　おいおい……ちょっと。……なぁ、中村、聞いてる？」

「ピッ　はいはい、聞いてるよ」

「ピッ　こんなことってあるかな……」

「ピッ　なんだ？　なんかあったの？」

「ピッ　……女の子だよ。それも中学生くらいの……赤っぽいジャージ着てさ」

「ピッ　おいおい横川、寝《ね》てんのかぁ？　ちゃんと目ぇ覚ませよ！」

わたしは笑って返したが、みんな、疲労困《ひろうこん》ぱいしていることはまちがいなかった。

自分自身も、あんなに車間が空いていた二番手亀井《かめい》の車が、いつしか目前に迫《せま》っている。

「ピッ　いやいや、マジだって！　ジャージ着て……縁石《えんせき》に座《すわ》ってるよ！　よく目をこらして見てみなよ！」

無線から聞こえる横川の声は、いつしか真剣《しんけん》な声色《こわいろ》に変わっている。

周囲に民家などはいっさいなく、ましてこんな夜中に中学生の女の子がいることなど、ありえないと思った。

そのときだった。

「あっ!!」

その子は本当にいた。道の左側にある縁石《えんせき》に、ひざをかかえるようにして座《すわ》っている。

確かに赤っぽいジャージを着た女の子で、体の側面に入った白い二本線までもが、わたしにははっきりと確認《かくにん》できた。

「ピッ　見た見たっ！　確かに女の子、赤いジャージの！」

わたしはすぐに横川に無線を送る。

「ピッ　だよなだよな！　なんでこんなところに……林間学校か？」

即座《そくざ》に横川が応答する。

「ピッ　こんなところで、しかもこんな時間にそれはねえだろう!?」

「ピッ　そうだよなぁ、いったいありゃあなんだったたん……あれ？」

「ピッ　なんだ？　今度はどうした？」

「ピッ　……」

わたしの無線にも横川はだまっている。

その沈黙《ちんもく》がおそろしさを倍増して、わたしは即座《そくざ》にいった。

「ピッ　どうしたんだよ！　こえーよ、だまるなよぉ！」

「ピッ　また……また、いる……。さっきの子……まちがいない。さっきの女の子が……」

横川の声がふるえている。わたしは無線にむかって大声をあげた。

「ピッ　横川、おい、しっかりしろよ！　同じ子ったって、あれからなんキロ進んでると思って……」

次の瞬間《しゅんかん》だった。


キキッ！　キッキキキキイイイイイイイイイイイッ！


わたしのまえを走っていた亀井《かめい》のトラックが、なんのまえぶれもなく急ブレーキをかけたのだ。亀井《かめい》のトラックは大きく左右にゆれ、対向車線に頭をむけた形で急停止した。

あたりには、急ブレーキによりタイヤから発生した、青白いけむりが立ちこめている。

わたしはとっさに亀井《かめい》の車とは反対側へハンドルを切った。亀井《かめい》の車への追突《ついとつ》はさけられたが、心臓《しんぞう》は早鐘《はやがね》のように鳴りひびいている。

（ふーあぶなかったなぁ。それにしても亀井《かめい》さん、なにやって……）

そう思いながら、亀井《かめい》のいる運転席に目をやった瞬間《しゅんかん》だった。

「うわああああああああああっ！　いやだああああああああああっ!!」

とんでもないさけび声をあげながら、亀井《かめい》が運転席から転げ落ちてきた。

「亀井《かめい》さん！　なにやってんすかっ!!　早く車どかさないと対向車が……」

どなるようなわたしの声が聞こえないのか、亀井《かめい》はなおもさけび続けている。

「うえええええええええっ！　いやだっ！　いやだあああああああああ!!」

路面にしりもちをついていた亀井《かめい》は立ち上がると、さけびながら峠道《とうげみち》の真ん中をどんどん上って行こうとする。

わたしのうしろに付いていた大川が異常《いじょう》を察知し、すぐに先頭の横川に無線で連絡《れんらく》する。

「大ちゃん、悪いけど、亀井《かめい》さんの車、真っ直《す》ぐにしておいて！」

大川に車のことをたのみ、わたしはすぐに走って亀井《かめい》を追いかけた。

足には自信があったのだが、ぜんぜん亀井《かめい》に追いつけない。

次のカーブまで行くと、そのずっと先にハザードランプを点《つ》けて停止している横川の車が見えた。横川も車を降《お》りて、こちらにむかって走ってきているのが確認《かくにん》できた。

「おーいっ、横川、亀井《かめい》さんを止めてくれーっ！」

坂を上って行く半狂乱《はんきょうらん》の亀井《かめい》を、横川はプロレス技をかけるようにして、ようやく確保した。

「はなせ！　こらあ、あっちいけ！　あっちいけやあああああっ！」

息もきれぎれの状態でやっと追いついたわたしを、亀井《かめい》はふりはらおうとする。

「亀井《かめい》さんっ！　亀井《かめい》さん、おれだよ！　ほらっ、おれおれっ！　亀井《かめい》っ！」

「はあはあ……あっ……中……ちゃんか……」

ようやく亀井《かめい》は正気をとりもどしてきたようだった。

「落ち着いて！　ね、いったいどうしたの？　なにがあったの亀井《かめい》さん」

横川が必死に話しかける。

「はあはあ……ほかのみんなは？」

「みんな心配して待ってるよ。とにかく車のところにもどろう、ねっ？」

わたしと横川とふたりで、両側から亀井《かめい》を支えるようにして、亀井《かめい》の車を停《と》めた場所までもどる。

「ああ……ごめんな……ごめん」

亀井《かめい》はひとりごとのように「ごめん」をくり返している。

わたしは、車の中に買い置きしてあったウーロン茶を亀井《かめい》に飲ませた。

半分ほど飲んで、ひと息つくと、亀井《かめい》は一度、みんなの顔をぐるりと見回し、ようやくほっと安堵《あんど》のため息をついた。

それから亀井《かめい》は、なぜそんな状態になったのか、その理由を語りだした。


「こんなことって……本当にあるんだな。そうだ、あるんだよな……」

なんとか落ち着きを取りもどしたようではあったが、路肩《ろかた》の縁石《えんせき》に腰《こし》かけている亀井《かめい》の両ひざはがくがくとふるえている。

「亀井《かめい》はん、いったいなにがおましたんや？　わしらなにがなにやら……」

大川がせきたてる。

「大ちゃん、ちょっと待とうよ。亀井《かめい》さん、もう大丈夫《だいじょうぶ》ですよ。ね、みんなもこうしているんだし……」

わたしの言葉を橋本がさえぎる。

「亀井《かめい》さん、もしかしてさっきの女の子……見たんじゃないのかな」

すかさず横川が反応した。

「すっかりそのこと飛んでたけど、やっぱり橋本君にも見えてたのか!? ありゃあいったいなんだったんだ……」

「見たんだ」

横川の言葉に重ねるように亀井《かめい》がぼそっといった。

「実は……見たんだよ。おれも……」

「見たって……あの女の子をでっか？」

大川がきいた。

「ああ。確かに縁石《えんせき》にひざかかえて座《すわ》ってた……」

「はは……でも亀井《かめい》はん、あれは単なるふつうの人間でっしゃろ？ それをなんでまた……」

「いや、大ちゃん。それはちがう」

「中村はん、なにがちがうんです？ そやかて、わしら、みーんな見てるがな。この辺の子が夜中にやな……」

大川は本当に人間だと信じこんでいる。横川が冷静な口調で大川をさとすようにいった。

「この辺の子？　どこに民家なんかある？」

「あれは生身の人間ではない……とおれも思う。第一、人間が車より速く移動することなんかできっこない」

最後尾《さいこうび》にいた橋本が、わたしのあとで続けた。

「おれはしんがりだったやろ？　確かにおれにもその子は見えてたんだが……」

「だが？」

いっせいにみんなが橋本の顔を見る。

「実はおれが見たその子は、おそらくみんなが見たモノとは、ようすがちがうように思う」

「なんやて!?　ど、どういうこっちゃねん？」

大川の顔が青ざめている。

「みんなはあの女の子が『縁石《えんせき》に座《すわ》ってた』っていってるけど、おれが見たのは……」

「……やめろ」

亀井《かめい》がぼそっとつぶやく。

「走り去るみんなの方を……」

「やめろ」

亀井《かめい》の言葉を無視《むし》して橋本が続ける。

「立ちつくして、じっと見つめてるうしろすがただったんだ！」

「やめろおおおっ!!　うわあああああああああっ！」

そうさけぶと亀井《かめい》は、自分の車にむかって走り出した！

「おいまずいぞっ!!」

「亀井《かめい》さん亀井《かめい》さんっ！　どうしちゃったのよ!?」

わたしと横川で亀井《かめい》を追いかける。

車に乗りこもうとドアノブをつかんだ亀井《かめい》がふり返っていった。

「心配するな！　ここにはいたくないだけだ。とにかく頂上《ちょうじょう》の茶屋へ行こう！」

わたしたち五人は、とにかくその場をはなれ、頂上《ちょうじょう》へ車を走らせた。

先頭の横川へ無線を入れる。

「ピッ　横川ちゃん、茶屋に着いたらいちばんおくの駐車《ちゅうしゃ》スペースにむかって！」

「ピッ　りょーかい！　それって自動販売機《はんばいき》と屋外トイレがあるとこだよね？」

「ピッ　そこは、なんぞ食うもん売ったはるやろか？」

大川はのんきに食べ物のことを考えている。

「ピッ　なんだよ大ちゃん、もう腹《はら》へったの？」

「そらすきますて！　もうすぐ夜中の三時やで！　おやつの時間やちゅうねん！　亀井《かめい》はんかて同じやろ？」

「ピッ　あ？　ああ、そうだな。おれもちょっと小腹《こばら》がすいたかな。お母ちゃんのカレーが食いてぇ～！」

「ピッ　わはははは！」

頂上《ちょうじょう》まではまだ幾分《いくぶん》、時間がかかる。

できるだけ明るいばかな話でもり上げようと、みんな必死になっているのがわかる。亀井《かめい》本人も、それに気付いているようだった。

数十分後。

頂上《ちょうじょう》に着いた我々《われわれ》一行は、峠《とうげ》の茶屋に隣接《りんせつ》する駐車場《ちゅうしゃじょう》のいちばんおくのスペースに陣取《じんど》った。

車から全員おりてくると、亀井《かめい》がいった。

「悪いなみんな。おれはもう大丈夫《だいじょうぶ》だ。でもな……でも……」

「でも……なんです？」

わたしは努めて落ち着いた口調できいた。

「昨日、大川とあんなことになった経緯《けいい》があるからな。正直いってみんなにはすまないと思ってんだ。それをわかってくれた上で……いまから話すことは、笑わないで聞いてほしい」

「亀井《かめい》さん、この期《ご》におよんでだれも笑ったりしないよ」

横川が四人を代表するように答えた。

「そうか……そうだな。じゃあ話そう」

亀井《かめい》はそう前置きすると、それまで吸《す》っていたタバコをコーヒーの空き缶《かん》に放《ほう》りこんだ。

「おれはずっと横川と中村の無線を、タヌキこいて聞いてたんだ。『こんなとこ歩いてる女はこの世のもんじゃない』って話が出たろ？　もちろんあそこも聞いてたし、正直いっておれは鼻で笑ってたんだ。『またばかな話してやがる』って……」

そこから先、亀井《かめい》が語ったことは、いま思い出しても寒気がする。

それから間もなく横川が縁石《えんせき》に座《すわ》る少女を発見し、わたしとのやり取りが開始された。

亀井《かめい》が続ける。

「さっきもいったが、あれはおれにも見えてたんだ。じっと一点を見つめたまま、身じろぎもせず縁石《えんせき》に座《すわ》ってた。

（あれ？　なんでこんなところに子どもがいるんだ？）

そう思ったよ。中ちゃんがいった通り、着ているジャージの白いラインまでくっきり確認《かくにん》できた……」

しかしそれから数分後、少女は再び我々《われわれ》のまえに現れる。

その姿《すがた》も亀井《かめい》には見えていた。

「それもおれには見えたんだが……おそらく、ふたりとはちがう形で見えてたはずだ」

「ちがう形って？　おれには先に見たときと同じく、縁石《えんせき》に座《すわ》って……」

わたしの言葉に亀井《かめい》がかぶせる。

「やっぱりか。やっぱり……ちがうんだな」

「おれも中村ちゃんがいったのと同じように見えたよ」

横川がいった。

「立ってたんだ」

「立ってた？　あの子が？」

すかさずわたしは聞いた。

「そうだ。しかもおれの方むいてこう、信じられないほど大きく口を開けて、顔をまえにぐぐっとつき出すような……」

「なんやそらっ！　気色わるうっ！」

大川が口をはさんだ。

「それを見て、さすがにおれも背筋《せすじ》に冷たいものを感じたよ。胸《むね》がどきどきして、今まで感じたことがないような、いい知れぬ不安感におそわれた。

そのときだったよ。ふと助手席側に人の気配を感じたのは……。

真っ直《す》ぐ進行方向を見ているおれの視界《しかい》のすみで、なにかがぐにゃぐにゃと動いている……そんな感じだった」

一同だまりこんで、亀井《かめい》の次の言葉を待つ。

「おれはためらうことなく左側を見た。そこには……」

ゴクッと横川がつばを飲みこんで聞いた。

「そこには……なにがいたんです？」

「全身を妙《みょう》にくねらせながら、おずおずとおれに近付いてくるあの女の子がいたんだ」

「うわあああっ!!」

そこにいた全員がさけんだ。

あの峠道《とうげみち》でなにがあったかは、いまとなっては知る術《すべ》もない。

五人の中で、ゆいいつ〝信じない〟をつらぬき通していた亀井《かめい》にのみ現れた怪異《かいい》。

切迫《せっぱく》した状況下《じょうきょうか》では、〝幻覚《げんかく》〟を見ることもある。亀井《かめい》の横に見えたものも、あるいはそうなのかもしれない。

しかし、まったく異《こと》なった人格を有する五人全員が、赤いジャージの少女を見たのは確かだ。

怪異《かいい》はいつでも、あなたのすぐそばにたたずんでいる……かもしれない。

痛《いた》む顔

なん年かまえの夏だった。

「こんな早くにすまんが、ちょっと相談したいことがあるんだ」

真夜中に友人の大谷から電話がかかってきた。

「こんな早くって、いまなん時……まだ三時じゃねえか！」

「だから『すまん』といっている」

それから一時間もしないうちに、自慢《じまん》の車を飛ばして大谷がやってきた。

「なんだよおまえはっ！」

エンジン音を聞き、玄関《げんかん》のチャイムが鳴るころあいを見計らって、わたしはドアを開けた。

見ると大谷は顔中に大きなばんそうこうをはっている。

「なんだおまえそれ？　オヤジがりにでもあったか？」

「ふざけてないで、いいから早く中に入れてくれ」

先ほどの電話で妙《みょう》に鼻がつまったような声をしていたのは、ばんそうこうのせいだったのかと、わたしは納得《なっとく》した。

「これ……」

大谷が手にもった箱を差し出す。

「なにこれ？」

「開けてみりゃいいだろ、おまえの好きなマンゴーだよ」

ソファーにすわりながら、大谷は大きなため息をついた。

とにかくぶっきらぼうな男なのだが、少しようすがおかしい。

「いったい、なにがあったんだ？」

わたしは真剣《しんけん》な顔にもどし、大谷が負った〝けが〟の理由をきくことにした。

大谷はなんにでも〝凝《こ》る〟性質《たち》だった。

世間が「エコだ」「温暖化《おんだんか》防止だ」とさわげば、すぐそれに便乗する。

便乗するだけなら問題はないが、ひとたび心にささったことには、時速なん百キロかで加速してつき進むような、そんな男だった。

（よし！　時代は変わった！　これからは自転車だ！）

そう一念発起《いちねんほっき》した大谷は、いきなりイタリアの有名メーカーのロードバイクを購入《こうにゅう》した。

九十万円もする高額自転車だ。

「それでな。このあいだそれにまたがって、近所をうろうろ走り回ってたわけだ」

ロードバイクで近所って、この時点でなにかがまちがっていると思ったが、そこはなにもいわず、話の続きをきくことにした。

「あるふみ切りに近付いたら、遮断機《しゃだんき》が下りてきてな……」

大谷はやむなく自転車を停《と》め、電車が通過するのを待っていた。

「ふと道の右はしを見ると、高校生くらいの女の子が立ってるのが見えたんだが、なんだか少しようすがおかしいわけさ……」

わたしはいやな感じがした。

「そこは駅が近くにあるわけじゃないから、電車はそこそこスピードを上げて通過する。ふみ切りの警報音《けいほうおん》に交じって、遠くから電車が近付いてくる音が聞こえ出したときだった」

それまで、じっと下をむいて立っていた女の子が動いた。

「その子がとつぜん遮断機《しゃだんき》をくぐって、線路内に飛びこんだんだ。それを見た瞬間《しゅんかん》、おれの心《しん》臓《ぞう》がぎゅーって萎縮《いしゅく》する感覚がきて、声も出せなかったよ」

「……」

わたしは言葉がなかった。

「けたたましく電車の警笛《けいてき》が鳴り響《ひび》いて、同時に『ギギギギーッ』というブレーキの音がして、次の瞬間《しゅんかん》……」

「見ちまったのか」

わたしはかたずをのんで、大谷の答えを待った。

「……いや」

「『いや』って、なんだよ?」

「気がついたら病院のベッドにいたんだ」

「だれが?」

「おれの話してんだろが！」

「おまえが病院に？　なんで？」

女子高生が電車と接触《せっしょく》した瞬間《しゅんかん》の映像《えいぞう》までは、大谷の記憶《きおく》にあるのだという。

しかし次の瞬間《しゅんかん》、まるで目のまえで強力なストロボをたかれたかのようなショックにおそわれ、そのまま気を失ったらしい。

「極限の精神状態におちいると、人ってのは、自ら記憶《きおく》を遮断《しゃだん》することがある……と医者にはいわれてるんだが……」

「そうじゃないのか？」

「それじゃあ、このけがに対する回答になってないと思わんか？」

「そりゃそうだが……」

わたしには、状況《じょうきょう》がまだよくつかめていなかった。

病院のベッドで気がついた大谷は、少しして自分の身になにが起こったのかが気になりだした。

しかし、それよりもたえがたかったのは、顔面のすべてに走る激痛《げきつう》と、頭の中をかけめぐる〝電車の警笛《けいてき》〟だったという。

「とにかくなにが起こったのかがわからない。顔は痛《いた》いし、変な音は耳からはなれないし……。鎮痛剤《ちんつうざい》を打ってもらって少し落ち着いたころに、看護師《かんごし》に聞いてみたんだ。でもみな一様に『あとで医師から正式な説明がありますʼって いうだけで、取り合ってくれなかった」

「でも結果的には、理由を聞くことができたんだろ?」

「ああ」

「もったいぶらずに教えろよ。結局そのけがの理由ってのは……」

大谷はすこし怖《こわ》い顔で、わたしの言葉をさえぎった。

「中村」

「うん?」

「今から教えるから、ちゃんと聞いてほしいんだ。いいか」

なんだかおかしな前置きをして、大谷は大きなため息をひとつついた。

「これ……わかるか？」

そういって大谷は、ひときわ大きく鼻にはられたばんそうこうを指さした。

「わかるか……ったっておまえ。気を失って顔からたおれたんだってことしか……」

「そう見えるよな。だがちがう。そうじゃないんだ。さっきいったとおり、おれは自分がなぜ病院にいるかを、担当医師《たんとう》から直接伝えられた」

「それはさっき聞いたよ。前置きはいいから、早いとこその真相をだな……」

「聞かなきゃよかった……」

「なに？」

「この世には、知らない方が幸せなこともあるよな」

わたしには大谷になにが起きたのか、まるで想像がつかない。

「おれはそれを聞いたとたん、病院の屋上から飛び降《お》りたくなったよ」

「……大谷」

「あのふみ切りで彼女《かのじょ》が列車に飛びこんだ瞬間《しゅんかん》、おれはストロボを直視《ちょくし》したかのような衝撃《しょうげき》を受けた。そういったな」

「ああ、それほど衝撃的《しょうげきてき》な光景だったってことだな」

「首だ」

「えっ？」

「彼女《かのじょ》の首が……ちぎれた頭が、おれの顔面を直撃《ちょくげき》したんだ」

「なっ!!」

わたしは返す言葉が見つからなかった。なにをどういえばいいかわからなかった。

同時に、これがもしうそだったら、どうしてやろうかと思っていた。

大谷はわたしのそんな感情を察知したのか、なおも続ける。

「ちょっとこれを見てくれ」

そういって大きく口を開け、顔を上にむけてみせた。

右の犬歯が少し欠けているのが見て取れた。

「歯が……少し欠けてるようだが」

「ベッドの上で我《われ》に返ったとき、おれの上くちびるの内側にめいっぱい、脱脂綿《だっしめん》がつめこまれてたんだ。口の中もひどく切れてたからな……」

そういわれてみれば、くちびるとそのまわりがわずかに変色し、少しはれぼったく見える。

「なん日もの間、定期的に看護師《かんごし》がその綿を取り替《か》えにくるんだが、どうにもある一か所が痛《いた》くてたまらんのだ。看護師《かんごし》にそれを伝えると、『あなたが指差すあたりに裂傷《れっしょう》はありませんよ』なんていうんだ。

『でもねえ、本当にこのへんが痛《いた》いんですよ』そういいながら、外側からほっぺたをさわったんだが」

「……だが？」

「指でこう、頬《ほお》をなぞってたらな、一瞬《いっしゅん》、なにか〝しこり〟のようなものにふれたんだ。おどろいて、再度それをさわってみたら、そこにものすげえ激痛《げきつう》が走った。

だからそばにいた看護師《かんごし》に『ほら！　これこれ！　これが痛《いた》いんですよ！』っていったら、『ちょっといいですか』とかいいながら、いったん口に入れた綿をまた取り出したんだ」

「綿を？　ってことは口の中か？」

「空っぽになった口の中をな、こうまさぐるようにして見ていた看護師《かんごし》の表情が、一瞬《いっしゅん》ぐっと固まったんだよ」

「固まった？」

大谷の話を聞くわたしの心臓《しんぞう》も、早鐘《はやがね》のように鳴っている。

「まるでなにかいやなものを見つけたように、瞬間的《しゅんかんてき》に目をかっと見開いて、小さく『あっ』てつぶやいたんだ。

そのとたん、『ちょっとこのままお待ちください！』そういい残して、病室を小走りで出て行っちまった。ほどなくして数人の医者をともなってもどってきたんだが、手には小さなのうぼんを持ってる」

「ノウボン？　あのソラマメみたいな格好の皿か？」

「そうだ」

医者たちの表情は一様にかたく、寝《ね》ていた大谷に上半身を起こすようながした。

「はい、では上をむいて大きく口を開けて。……え！　ああ……本当だな。こりゃまた……」

近すぎてそういう医者の表情がよく見えない。それがまた恐怖《きょうふ》だった。

「なにがなんだかわからなかったが、ピンセットのような器具の先端《せんたん》を、左の頬《ほお》の裏側《うらがわ》あたり
……つまり、さっきおれがさわった〝痛《いた》いしこり〟のあたりに持っていってなにかやってるん

だ。

『ちょっと痛《いた》いかも……ごめんねぇ』

医者がそういった次の瞬間《しゅんかん》、あの場所に激痛《げきつう》が走った」

「うえ……」

聞いているわたしの方が失神しそうだ。

「口の中にじわっと血がわき出てくるのがわかって、看護師《かんごし》が新しい脱脂綿《だっしめん》を入れてくれたんだが……。

おれの口の中から取り出した〝なにか〟が、のうぼんの上で『カチッ』と音を立てたのをおれは聞きのがさなかった。

『先生！　ソレなんです？　もしかして、おれの歯が折れちゃったんですか？』って聞いたら
……」

ふと大谷の顔を見た。

その目は……それまで必死にこらえていた感情が、一気に出てきたと思われる涙《なみだ》でいっぱいだった。

「『残念ながら、これはあなたの歯じゃありません』そういわれたよ」

「どっ、どういうことだよ！」

「ぼう然とするおれに、その医者は『あなたの犬歯と、亡《な》くなった女性の前歯が当たったんでしょう。その拍子《ひょうし》に歯茎《はぐき》と頬肉《ほおにく》の間に折れた女性の歯が飛びこんでささり、最初の処置《しょち》をしたときに、脱脂綿《だっしめん》でさらにおくへとおしこんでしまったのでしょうね。なんせ当初は口の中が血まみれでしたからね』って、そういうんだ」

「……吐《は》きそうだ」

わたしは正直にいった。

「……すまん。こんな話」

「……なんていっていいのか。と、とにかく、とんだ災難《さいなん》だったな……」

「だが、本当に聞いてほしいのはここからなんだよ！」

大谷はそれまで淡々《たんたん》と話していたが、急に大きな声になった。

「まだなんかあんのか……？」

「実はな。退院して以来、どこへ行っても犬にほえ立てられる。いや、猫《ねこ》さえ寄り付かないんだ。手を出すとすごい勢いで威嚇《いかく》されたあげく、爪《つめ》で引っかかれてしまう。

それでな、おまえになにか見えないだろうか……と思ってな」

「なにかって、霊的《れいてき》ななにかってことか？」

「もちろん、そういうことだが。どうだ？　おれになんかこう……女性の影《かげ》というか、なんというか……」

はっきりいってなにも見えないし、感じもしなかった。

おそらくは大谷の精神に、強烈《きょうれつ》なトラウマとなって残像を残していった、彼女《かのじょ》の姿《すがた》かなにかなのだろう。

うちの犬も、大谷に必要以上にはほえなかった。

「あまり気に病《や》むな。しばらくゆっくりしろよ」

ありきたりな言葉だが、わたしは大谷に声をかけた。

「ああ……そうだな。少しゆっくりするか。ははは……こんなに朝早くから悪かったな。またくるから」

そういって大谷が立ち上がった瞬間《しゅんかん》だった。

「ウウ～ッ!!　ワンワンワンワンッ!!」

それまで静かに寝《ね》ていたうちの犬が、とつぜん火が点《つ》いたようにほえ出した。

「ガアウッ!!　ガアアアァッ！！！」

尋常《じんじょう》なほえ方ではない。口からはあわを飛ばし、白目をむいてほえ立てている。

「じゃ、じゃあな！」

それを見て大谷は、まるでにげるように家の外へ飛び出した。

「ワオオオ～～～ンッ！　ワオオ～～～～～ン！」

「ワンワンワンワンッ！　ワンワンワンワンワンッ!!」

「ウオオオオ～～～～～ン！」

大谷が玄関《げんかん》を出るのと同時に、家の周囲から、いっせいに近所の犬たちの遠ぼえがひびきわたる。

なにごとかとわたしが家の外へ飛び出そうとしたとき、大谷の車の特徴的《とくちょうてき》なエンジン音がとどろいた。

「まっ、待て大谷っ！」

そのまま行かせるのがしのびなくなったわたしは、引きとめようと声をかけたが、大谷は気付かず、そのまま走り去ってしまった。

なんだか釈然《しゃくぜん》としないまま、わたしはガレージを横切り、玄関《げんかん》へともどる。

「あれ？　これ……なんで」

前日は雨だった。

いまはそのほとんどがかわいてしまっているが、ポーチのちょっとしたくぼみに、まだいく分、雨水がたまっている。

大谷は帰り際《ぎわ》にそこへ足をつけたらしく、そこから車があった場所へと足あとが続いていた。

大谷がいつも好んではいているのは、わたしと同じスニーカーだった。

足あともよく知っている。

ところが大谷の足あとを、まるで追いかけるようにして付いている、もうひとつの小さな足あとがあった。

しかもそれはたどってみると、ちゃんと助手席側で消えていた。

わたしは家にかけこみ、すぐに大谷の携帯《けいたい》に電話をかけた。しかしなんどかけてみても、出る気配がない。

「……お父さん」

ふり返るとそこには、ねむそうに目をこする娘《むすめ》が立っている。

時計を見ると、もう針《はり》は六時を指すところだった。

「だれかきてたの？」

「う、うん。お父さんの友だちがな。ちょっと相談があるっていって朝早くから……」

「どこ行っちゃったの？」

「ん？　なにが？」

「その人はどこ行っちゃったの？」

妙《みょう》なことをきくなと思ったが、わたしはふつうに答えた。

「もうお話が終わったからね。ついさっき帰ったよ」

「……」

娘《むすめ》は不思議そうにしている。

「なんで？　どうした？」

「……だからかなぁ」

「なにがだい？」

「お姉ちゃんもいっしょに帰っちゃったんだね」

再びわたしの心臓《しんぞう》がどきどきと動きを速める。

その先を聞くのがためらわれた。しかし聞かないわけにはいかなかった。

「ゆ、夢見てたんだね。お父さんの友だちはひとりできてたんだよ」

「……うそ」

「嘘《うそ》じゃないよ」

「じゃあ……じゃあ、さっきまでずーっと廊下《ろうか》で『うーうー』ってうなってたお姉ちゃんだれ？」

きていたのだ。大谷といっしょに。気配を消し、二階にひそんでいた。

わたしは、すぐに家中の窓《まど》という窓《まど》を開け放ち、空気の入れかえをした。

仏壇《ぶつだん》に手を合わせ、祖父母、父、兄……亡《な》くなったすべての親族に子どもたちの守護をたのんだ。

　そのかいあってか、わが家での異変《いへん》はいっさいなかった。

　二日後の午後になって、やっと大谷から連絡《れんらく》が入った。

「いやあ、ごめんごめん！　おとといは車の音でぜんぜん気付かなかったよ。どうした？」

　あっけらかんとしている。

　少々意地悪気味に、大谷が帰ったあと、あの日家で見たこと、起こったことを語って聞かせた。するとと大谷がいった。

「悪い悪い。実はな……」

　この男、なんとも大胆《だいたん》な手段《しゅだん》に打って出た。うちへきた日の晩《ばん》、彼女《かのじょ》と対話したというのだ。

「うちのリビングに、でっかい鏡があるの知ってるだろ？　あのまえにテーブルを置いてすわってな。彼女《かのじょ》にはジュース、おれはビールで乾杯《かんぱい》した」

「乾杯《かんぱい》って……その子はおまえのまえに姿《すがた》を現したのか!?」

「自慢《じまん》じゃないが、おれにはそういうのはまったく見えんのだ。

でもな……でもその〝存在《そんざい》〟は感じるんだよ。強くな」

「相手もびっくりしたろうな」

「それでな。『ちゃんと話そう』っていって切り出したら、部屋中がバシバシ鳴り始めてな。ちょっとびっくりだったが、ありゃいったいなんだ？」

「それは霊《れい》が現れるまえに発する一種の信号のようなもので、一般的《いっぱんてき》には『ラップ現象』といわれてるが……しかしそれはある意味危険《きけん》だぞ」

「なんで？　相手は女子高生だぞ」

この男は、根本がわかっていない。

しかし、ある意味正論《せいろん》といえば正論《せいろん》ではある。体をなくしているとはいえ、もともとは我々《われわれ》と同じ人間だったことは確かだ。

「いつまでも気味悪がってても、らちが明かないからな」

そして大谷は、〝人間らしい対話〟を思いついたのだった。

「おじさんは、あなたのことをなにも知らないんだよ。

しかもほら、こんなけがまでしちゃった。

どうして死んだの？　なんてことはきかないし、きいてもぼくにはなにも聞こえない。ぼくのいた病室には、あなたのご両親がお見舞《みま》いにこられたよ。すごく申し訳《わけ》なさそうだった。だから『もういいです』っていって帰ってもらったんだ。帰り際《ぎわ》に泣きながらなんどもなんども頭を下げて、『すみません、すみません』っていってたぞ。だからこれ以上、だれかを傷付《きずつ》けるようなことはしちゃいけない！　いまあなたがしなくちゃいけないのは、しっかり現実を見すえて、一日も早く明るい場所へ出ることだよ」

もちろんこれは大谷の〝ひとり言〟だ。

しかしその日以来、大谷が犬にほえられることはなくなったという。

彼女《かのじょ》の一日も早い浄化《じょうか》を願って止《や》まない。

空《そら》からの声

命ってどこにあるの？

心ってどこにあるの？

人は死んだらどこに行くの？


うちの娘《むすめ》の伊織《いおり》が四歳《さい》くらいのとき、やぶからぼうにこう聞かれたことがあった。

明確な答えが見つからず、かといって難《むずか》しい話は伝わるはずもない。

「そうだね。命ってとっても大事なものなのに、目で見ることができないよね」

その場はそういってお茶をにごした。


2005年の夏。

その日わたしは、あるテレビ関係の仕事で茨城《いばらき》におもむいていた。

思いのほか帰りがおそくなってしまい、常磐道《じょうばんどう》を使って家路を急いでいた。

数十分まえから降《ふ》り出した雨は時間がたつにつれはげしさを増し、まるで台風のようだった。

しばらく走ると、それまで聞いていたラジオの受信感度が落ちだした。

ピーピーガーガーとうるさく、耳ざわりなので、ぷつんとラジオを消す。

外はあいかわらず、たきのような雨が降《ふ》り続き、車の屋根をたたく音がおそろしいほどだ。

「すんげえ雨だな！　まえ、ぜんぜん見えねえし……。気を張って行かないと本当に危《あぶ》ないな
……」

そうひとり言をつぶやきながら、ハンドルを持つ手にわたしはいっそう力をこめた。

ふとダッシュボードに埋《う》めこまれているデジタル時計を見る。

22：27
（あーあ、いつもなら子どもといっしょに風呂《ふろ》入って、ねてる時間だなぁ……）

そんなことを考えたときだった。

……おとう……さ……


「んっ……?」

表現がとても難《むずか》しいのだが、少しがんばってみよう。

心のすき間……というたいい方が的確かどうかはわからないが、要するにちょっとした気持ちの空白部分に、別のなにかの意識が入りこもうとしている……とでもいおうか。


……おと…………


また聞こえた。

気持ちの迷いやかんちがいの類《たぐい》ではないなにかが、まちがいなくわたしに語りかけてきている。

心を落ち着かせ、その〝意識〟にむかって精神を集中させてみる。

とはいえ、豪雨《ごうう》の中、高速道路を運転しているのだから、たやすいことではない。

すると、まるでわたしが集中するのを待っていたかのように、するするとそのなにかの〝意識〟が明確になってきた。


……おとう……さん……おとうさん…………


実にはかなげな幼《おさな》い声。

「な、なんだ、子ども？　ま、まさかうちの子になんかあったんじゃ……。

いや、待てよ。伊織《いおり》はまだ、あんなにはっきり話せない。……はっ！」

その瞬間《しゅんかん》、数年まえに我《わ》が家で起きた、あるひとつのことが頭をよぎった。

伊織《いおり》が生まれる一年ほどまえ、わたしたち夫婦《ふうふ》の間に新たな命が芽生えた。

その当時、わたしが営む事業はいまひとつ思わしくなく、正直いって手ばなしで喜び合える〝おめでた〟ではなかった。

それから数週間後、まるで、我々《われわれ》のそんな気持ちを察したかのように、せっかく芽生えたその小さな命は流れてしまった。

妻が手術を受けるまえの晩《ばん》だった。

なかなか寝付《ねつ》けずにいるわたしに、はっきりと聞こえた。


おぎゃあ、おぎゃあ、おぎゃあ！

わたしはおどろいて飛びおきたが、そのことを妻にいえるはずもなかった。


翌日《よくじつ》、近くの産院で悲しい手術を受け、家にもどった。

まだ人の形になることもなく、この世の光を見ることもないまま、いってしまった小さな命。

その悲しすぎる現実に言葉を失い、悲しさとさびしさと、そして痛烈《つうれつ》なうしろめたさとで、わたしたちは悲嘆《ひたん》にくれた。

「せめてあの子をちゃんと供養《くよう》してあげよう」

水子には戒名《かいみょう》が付かない。

それがたとえ一瞬《いっしゅん》であっても、この世に生を受ければ別だが、母胎《ぼたい》の中で流れてしまった子には、あの世での名前ともいえる戒名《かいみょう》を付けてもらえないのだ。

それではかわいそうすぎる……。

そこでわたしは妻とさんざん考えぬいた末、空《そら》という名前を付けた。

一日も早く空へ昇《のぼ》れるように……という願いがそこにはあった。

それ以来、毎年命日には欠かさず、子どもが好きそうなお菓子《かし》やジュースを持って、ある寺院にお参りしている。


「も、もしかして……そらちゃんかい？」

わたしは声に出してそう問いかけた。

……うん

はかなげではあるが、ちゃんとした答えが返ってきた。

もしかすると、単なる気のせいかもしれない。でもわたしはなおも問いかけた。

「そうか……そうなのか、そらちゃんなのか……」

……あのね……

「うん？　どうした？」

いおりちゃんは……まいにちまいにち……いっぱいだっこされて……

「!!」

……いっぱいいっぱい……あたまをいいこ　いいこされて……

どうして……どうして……そらにはないの？　……

涙《なみだ》が止めどもなくあふれ出た。わたしは声に出して泣いていた。

生まれることができなかった悲しみを、さびしさを、父であるわたしに必死に伝えようとしている小さな〝意識〟。

それがどれほどの悲しみであるか……。

父も母もいない空間に、お乳《ちち》さえも飲むことができず、ただただ、ただよっているさびしさ。空《むな》しさ……。

それらをいま、必死に伝えようとしている。

「そら……そらちゃん。本当になんていっていいか……でもね、でもお父さんは遠くない将来《しょうらい》、必ずそっちへ行くから。必ず行くから。

そのときは、いっぱいいっぱいだっこも、頭も……うぐっ……うぅ……」

それ以上は言葉にならなかった。

その意味を察したのか、その意識は小さく「……うん」とつぶやくと、すーっと遠のさかけた。

「ちょ、ちょっと待ってそらちゃん！　実はお父さんは、もうひとつ残念なことがあるんだ。それはね、それはあなたが女の子なのか、男の子なのかがわからないことなんだよ」
とっさにこう口にしたわたしだったが、その意識は答えることなく消え去ってしまった。

そのとたんだった。
それまで降《ふ》っていたはげしい雨がぴたりと止《や》み、気付くと満天の星がまたたいている。
時間がたつにつれ、次第《しだい》に心も落ち着きだした。
（なんだったんだろう。本当にそらちゃんだったんだろうか……）
冷静にそんなことを考えられるようになっていた。
ひとりで雨の中、車を長時間運転するというのは、思いのほか重労働だ。
疲労困《ひろうこん》ぱいによる幻聴《げんちょう》……もしかしたらそうだったのかもしれない。
家に着いたのは午前一時三十分を回るころだった。
手っ取り早く着替《きが》えをすませ、手を洗《あら》ってまだ食べていなかった晩飯《ばんめし》にありつく。

ダイニングテーブルには、ラップに包まれたおかずがならべられていた。

それらを電子レンジに入れ、ご飯と味噌汁《みそしる》をよそって〝チン〟を待つ。

それからテレビを見ながら箸《はし》を運んでいたが、わたしは、ふとあるものに気付いた。

テーブルの端《はし》に、一枚《いちまい》の紙が置かれている。

手に取ってみると、それは伊織《いおり》がかいたらしい、いつもの家族三人ならんだやさしい絵。

ところが、その日の絵はいつもと少しちがっていた。

伊織《いおり》はいつも真ん中にお父さんをかき、その両側にお母さんと〝いおたん〟をかく。

ところがその日の構図は、真ん中にお母さん、その右側にお父さん、そして反対側に〝いおたん〟がいる。

さらに、いままでそんなことはなかったが、妻がボールペンでわざわざ〝おとうさん〟〝おかあさん〟〝いおたん〟と説明を入れている。

（へえ、たまには変わったバージョンを取り入れたりするものなんだな。これも成長の証《あかし》しか……）

親ばかを承知で、そんなことを思いながら、わたしは、まじまじと我《わ》が子の絵を見つめた。

「あれ？　なんだこれ？」

よく見ると、真ん中にいる妻のおなか部分に、にっこりと笑ったスマイルマークのようなものがかかれている。

「おお！　なんと着ているTシャツの絵柄《えがら》までかけるようになったかっ！」

わたしの親ばかぶりは、今も昔も変わらない。

その後風呂《ふろ》へ入り、わたしはさっさと寝《ね》てしまった。


翌朝《よくあさ》。

目を覚ましリビングへ行くと、妻が朝食の用意に追われていた。

「おはよう」

「おはよう！　昨日はずいぶんおそかったのね」

「ああ、帰りにどしゃ降《ぶ》りにあってまいったよ」

「そうなんだぁ。こっちはずうっといい天気だったわよ」

そんな会話をしながら、わたしはいつもと代わり映《ば》えのしない朝のニュースを見ていた。

ふとテーブルの上に目をやると、昨晩《さくばん》見た伊織《いおり》の絵が置かれたままになっている。それを再び手に取り、しげしげとながめていると妻が声をかけてきた。

「それ見た?」

「ああ。昨日ご飯食べながら見たよ」

「なんか変わった絵でしょう?」

「そうだよな。いつもはおれが真ん中にいるのにさ」

そこでなにげなく、本当になにげなく、わたしは妻にこう聞いていた。

「ところでさ、おまえ、こんなTシャツ持ってたっけ?」

「ん? Tシャツ?」

「そうそう。このほら、なんだかかまえの部分にニコちゃんがかいてあるようなさ」

「ああそれね。あのね、それ、『がら』じゃないのよ」

「えっ、がらじゃなきゃ、いったいなんだっていうの?」

「伊織《いおり》がその絵をかいてるところを、あたし、たまたま見てたのよ。それでね、『あれぇ? いおたん、お母さん、そんなシャツ着てないよねぇ』っていったの。そしたらね……」

「うんうん、そしたら？」

「『ちがうよ。これはねぇ、いおたんの〝お姉ちゃん〟なの』って、いうのよ」

「!!」

わたしは言葉が出なかった。

「どうしたの？　そんな顔して？」

妻が不思議そうにわたしを見る。

「それって、な、なん時ごろだ？」

「昨日は父がきててお風呂《ふろ》がおそくなっちゃったから、う〜ん……十時半くらいだったかな

……」

昨日、かわいたはずの涙《なみだ》が、再び大波となっておしよせてきた。

ぬぐってもぬぐってもわき出る涙《なみだ》に、目のまえはまったく見えなくなっていた。

そうなのだ。

あのときわたしは、去ろうとするひとつの意識にむかって、確かにこう話しかけた。

「あなたが女の子なのか、男の子なのかがわからない……」と。

そのあと、空《そら》はここへきたのだ。

現世に生まれ、すくすくと当たりまえに育っている自分の〝妹〟の手と口を使って、『お父さん！　あたしは女の子なのよ！』と教えにきたのだ。


それまで、わたしにはひとつの疑問《ぎもん》があった。

小さいころから様々な怪異《かいい》を経験してきてはいるものの、そのどこかでわたしの中には一抹《いちまつ》の懐疑心《かいぎしん》があった。

(あれはもしかすると、風の音だったんじゃないだろうか……)

(あの影《かげ》は単に木や草の影《かげ》かもしれない)

自分で自分を疑《うたが》う猜疑心《さいぎしん》。

でもこの〝空《そら》からの声〟を経験して、いっさいの疑《うたが》いや疑問《ぎもん》はすべて打ちはらわれた。

ちゃんとあるんだ。

心は生き続けるんだ。

そして……いつでも自分を見ているのだ……と。

いま伊織《いおり》は、必死で塾《じゅく》の勉強をがんばっている。

小学生ながら、中学三年生の学習に取り組み、毎年表彰台《ひょうしょうだい》でトロフィーをいただいている。

時には難《むずか》しくて音を上げ、泣きながら机《つくえ》にむかっている姿《すがた》を見ることもある。

そんな姿《すがた》が不びんでならず、「いおたん、そんなに難《むずか》しいならクラスを下げてもらおうか？」と声をかけることもあるが、伊織《いおり》は一貫《いっかん》して「いやだ！　絶対やるんだ！」といいきっている。

そんなとき……。

がんばる彼女《かのじょ》の横に立って見守っている、もうひとりの〝娘《むすめ》〟の姿《すがた》を見ることがある。

最後に

この本の中には、思わず目を背けたくなるような惨状や、そのような表現がされている箇所《かしょ》が出てきます。読んでいただける方の様々な年齢《ねんれい》を思うとき、そこに配慮《はいりょ》し、表現を変えるべきだったのかもしれません。

しかし現実はちがいます。

たとえこの本の中でそれをかくし、あたりさわりのない言葉づかいでいい表しても、現実は常に過酷《かこく》なものです。それで純然たる「人の死」「人の心」「人の道」を描くために、あえてこうした表記、表現を用いました。

この日本には、様々なすばらしい文化が継承《けいしょう》されています。

歌舞伎《かぶき》、文楽、講談、落語……。それらの中で命を説き、人の情けや魂を称えてきました。

そしてそのすべての文化には、いつの時代も〝怪談《かいだん》〟がつきものでした。怪談《かいだん》を通して「命とは？　人の情けとは？　そして魂《たましい》とは？」と問うてきたのです。

そんなすばらしい継承《けいしょう》があるにもかかわらず、現代《いま》はどうでしょうか？

人の亡くなった場所を〝心霊《しんれい》スポット〟と称してあざける、神社仏閣にいたずら書きをする、どこへ行ってもスイッチひとつで明かりが灯り、真の闇《やみ》はどこにも見当たらない……。

そう。本当の闇《やみ》は、人の心の中にのみ存在するようになったのです。


わたしは幼少のころから、数々の怪異《かいい》を目の当たりにしてきました。その中には、おそろしいもの、不思議なもの、悲しいものなどが混在し、多種多様な思い出として形作られています。

「なぜわたしなんだ？　なぜ今なんだ？　なぜ……？」

怪異《かいい》に出会うたびに、いく度となく同様の疑問がわき、答えの出ないことと知りながらも、母に問うてみたこともありました。

そしてその答えが、ここへきてやっと、見えてきたように思えます。

そう。それこそがこの本の存在なのです。

わたしは過去、数々の教育機関に招かれて、〝道徳怪談《かいだん》〟なるものを実施《じっし》してきました。しかし、子どもたちに〝本当の怪談《かいだん》〟を示す機会にはめぐまれなかったように思います。

この本にある数多くの話を、読者が「怖《こわ》い」と感じるか、「気持ち悪い」と感じるか？　そんな中で、もし「なぜ？」と感じる読者がいたならば、わたしの役目は果たされたことになる、そうわたしは考えています。

なぜ彼女は死にいたったのか？　なぜ彼はそこまでのうらみを持ったのか？　そして、なぜこの世に想いを留《とど》まらせているのか？

すべてを読み終えたとき、そんな多くの「なぜ？」を読者が感じてくれたなら、わたしは嬉しいかぎりです。

数百兆分の一の確率でビッグバンが起き、数十兆分の一の確率で銀河系ができ、数兆分の一の確率で太陽系ができ、数百億分の一の確率で地球ができ、数十億分の一の確率で人間が誕生し、数億分の一の確率であなたが生まれました。

人を殺しえるほどの苦しみも、自ら命を絶つほどの悲しみも、この途方もない数字のまえには存在しない……ということを知っていてほしいと思います。

中村まさみ

北海道岩見沢市生まれ。生まれてすぐに東京、沖縄へと移住後、母の体調不良により小学生の時に再び故郷・北海道に戻る。18歳の頃から数年間、ディスコでの職業ＤＪを務め、その後20年近く車の専門誌でライターを務める。
自ら体験した実話怪談を語るという分野の先駆的存在として、現在、怪談師・ファンキー中村の名前で活躍中。怪談ネットラジオ「不安奇異夜話」は異例のリスナー数を誇っていた。全国各地で怪談を語る「不安奇異夜話」、怪談を通じて命の尊厳を伝える「道徳怪談」を鋭意開催中。

著書に『不明門の間』（竹書房）、オーディオブックＣＤ「ひとり怪談」「幽霊譚」、監修作品に『背筋が凍った怖すぎる心霊体験』（双葉社）、映画原作に「呪いのドライブ　しあわせになれない悲しい花」（いずれもファンキー中村・名）などがある。

●校正　株式会社鷗来堂
●装画　菊池杏子
●装丁　株式会社グラフィオ

p.89「山精」鳥山石燕・画
（収載：鳥山石燕・著『画図百鬼夜行全画集』角川ソフィア文庫　所蔵：東北大学附属図書館）

怪談 5分間の恐怖　また、いる……

発行	初版／2016年12月　第9刷／2023年3月
著	中村まさみ
発行所	株式会社金の星社 〒111-0056　東京都台東区小島1-4-3 TEL　03-3861-1861（代表）　FAX　03-3861-1507 振替　00100-0-64678　ホームページ　https://www.kinnohoshi.co.jp
組版	株式会社鷗来堂
印刷・製本	図書印刷株式会社
	256ページ　19.4cm　NDC913　ISBN978-4-323-08111-3
	乱丁落丁本は、ご面倒ですが小社販売部宛にご送付ください。 送料小社負担でお取り替えいたします。
	© Masami Nakamura 2016 Published by KIN-NO-HOSHI SHA, Tokyo Japan